GEORGE ORWELL

A REVOLUÇÃO DOS BICHOS

www.editorapedaletra.com.br
(11) 3733-0404 / 3687-7198

Projeto gráfico: **Quatria Comunicação**

Equipe editorial
André Cerino - Capa
Felipe Fiuza - Diagramação
Lívia Bono - Tradução
Thaís Coimbra - Revisão

Tradução integral da obra *A Revolução dos Bichos*,
de George Orwell
Título original: *Animal Farm: a fairy tale*

Dados Internacionais de Catalogação na Publicação (CIP)
(eDOC BRASIL, Belo Horizonte/MG)

O79r Orwell, George, 1903-1950.
A revolução dos bichos / George Orwell. – Barueri, SP: Pé da Letra, 2020.
112 p. ; 13.5 x 20 cm

Título original: Animal farm: a fairy tale
ISBN 978-65-5888-191-9

1. Ficção inglesa. 2. Literatura inglesa – Romance. I. Título.

CDD 823

Elaborado por Maurício Amormino Júnior – CRB6/2422

GEORGE ORWELL

A REVOLUÇÃO DOS BICHOS

PÉ da letra

1

O Sr. Jones, dono da Granja do Solar, trancara os galinheiros ao final do dia, mas estava bêbado demais para lembrar-se de fechar as portinholas. Com o feixe de luz de sua lamparina dançando de um lado para outro, atravessou o pátio aos tropeços, tirou as botas ao chegar à porta dos fundos, serviu-se de um último copo de cerveja do barril que ficava na copa e seguiu para a cama, onde a Sra. Jones já estava roncando.

Assim que a luz do quarto se apagou, uma agitação tomou conta de todas as edificações da granja. Durante o dia, correra a notícia de que o velho Major, o porco branco premiado, tivera um sonho estranho na noite anterior, e queria contá-lo aos outros animais. Ficara acordado que todos se encontrariam no grande celeiro, assim que o Sr. Jones estivesse seguramente fora do caminho. O velho Major (como era sempre chamado, apesar de o nome sob o qual era inscrito nos concursos ser Beleza de Willingdon) usufruía de tamanha estima na fazenda que todos estavam mais do que dispostos a perder uma hora de sono para ouvir o que tinha a dizer.

Em uma das extremidades do grande celeiro, em um tipo de plataforma elevada, o Major já estava acomodado em seu leito de feno, sob uma lamparina pendurada em uma viga. Ele tinha doze anos, e ficara bem robusto recentemente, mas continuava sendo um porco de aparência majestosa, com um semblante sábio e benevolente, apesar de suas presas nunca terem sido cortadas. Os outros animais logo começaram a chegar e assumir posições confortáveis, cada um a seu modo. Primeiro, chegaram os três cachorros, Ferrabrás, Lulu e Cata-Vento, e então os porcos, que se deitaram sobre o feno imediatamente à frente da plataforma. As galinhas empoleiraram-se nas janelas, os pombos voaram para as vigas, as ovelhas e vacas deitaram-se atrás dos porcos e começaram a ruminar. Os dois cavalos de tração, Sansão e Quitéria, entraram juntos, andando bem devagar e baixando suas enormes patas peludas com bastante cuidado, caso algum animal pequeno estivesse escondido em meio à palha. Quitéria era uma égua robusta e maternal, quase de meia-idade, que nunca recuperara por completo sua silhueta após ter seu quarto potro. Sansão era um bicho enorme, de quase um metro e noventa de altura, e forte como dois cavalos normais juntos. Uma listra branca, que descia por seu focinho, fazia com que tivesse uma aparência um tanto quanto boba, e ele realmente não se destacava por sua inteligência, mas era universalmente respeitado pela firmeza de seu caráter e tremendos poderes laborais. Depois dos cavalos vieram Maricota, a cabra branca, e Benjamim, o burro. Benjamim era o animal mais velho da granja, e com o pior temperamento. Raramente falava e, quando o fazia, em geral era algum comentário cínico; por exemplo, dizia que Deus lhe dera uma cauda para manter as moscas longe, mas que preferiria não ter cauda, nem moscas. Era o único entre os animais que nunca ria. Se perguntassem por que, ele diria que não via motivo para rir. Contudo, ainda que não admitisse, era devotado a Sansão; os dois costumavam passar os domingos juntos, no pequeno cercado do outro lado do pomar, pastando lado a lado, sem nunca conversar.

Os dois cavalos haviam acabado de se deitar quando vários patinhos que perderam a mãe entraram em fila única no celeiro, grasnando baixinho e andando por todos os cantos, procurando um lugar onde não seriam pisoteados. Quitéria formou uma barreira ao redor deles, com sua enorme perna, e os patinhos aninharam-se dentro dela e pegaram no sono imediatamente. No último instante, Mimosa, a égua branca e tola que puxava a carroça do Sr. Jones, entrou com passinhos delicados, mastigando um torrão de açúcar. Ocupou um lugar perto da frente e começou a sacudir sua crina branca, esperando chamar atenção para as fitas vermelhas com as quais estava trançada. Por fim, chegou a gata, que procurou ao seu redor, como de costume, o lugar mais quente e se espremeu entre Sansão e Quitéria; ali, ronronou contente, durante todo o discurso do Major, sem ouvir uma única palavra que ele dizia.

Todos os animais já estavam presentes, exceto Moisés, o corvo domesticado, que dormia em um poleiro atrás da porta dos fundos. Quando Major viu que todos estavam acomodados e esperavam com atenção, pigarreou e começou:

— Camaradas, vocês já ficaram sabendo do estranho sonho que tive na noite passada, mas mencionarei o sonho mais tarde. Tenho outra coisa para dizer primeiro. Não acho, camaradas, que permanecerei com vocês por muitos meses mais e, antes de morrer, sinto que é meu dever transmitir toda a sabedoria que adquiri. Tive uma vida longa e muito tempo para pensar, sozinho em minha baia. Creio que posso dizer que compreendo a natureza da vida nesta terra tão bem quanto qualquer outro animal vivo. É sobre isso que quero falar com vocês.

— Agora, camaradas, qual é a natureza desta nossa vida? Precisamos admitir: nossas vidas são miseráveis, laboriosas e curtas. Nascemos, ganhamos o mínimo de comida para nos manter funcionando, e aqueles entre nós que são capazes são forçados a trabalhar até o último pingo de energia; e, no instante em que nossa utilidade acaba, somos abatidos com uma horrível crueldade. Nenhum animal da Inglaterra sabe o que é felicidade ou lazer depois de fazer um ano de idade. Nenhum animal da Inglaterra é livre. A vida de um animal é miséria e escravidão: esta é a verdade nua e crua.

— Seria essa apenas parte da ordem da natureza? Esta nossa terra é tão pobre assim que não consegue dar uma vida decente para aqueles que nela vivem? Não, camaradas, mil vezes não! O solo da Inglaterra é fértil, seu clima é bom, capaz de produzir comida em abundância a um número maior de animais que o de seus habitantes atuais. Só nossa fazenda sustentaria uma dúzia de cavalos, vinte vacas, centenas de ovelhas, todos eles vivendo em conforto e com uma dignidade que estão, agora, quase além do que podemos imaginar. Por que, então, continuamos nesta condição miserável? Porque quase todo o produto de nosso trabalho é roubado de nós pelos humanos. É esta, camaradas, a resposta de todos os nossos problemas. Pode ser resumida em uma única palavra: Humanos. Os humanos são os únicos inimigos verdadeiros que temos. Remova os Humanos da equação e a raiz da fome e do trabalho excessivo é abolida para sempre.

O ser humano é a única criatura que consome sem produzir. Não dá leite, não bota ovos, é fraco demais para puxar o arado, não corre rápido o suficiente para pegar coelhos. Ainda assim, é o senhor de todos os animais. Faz com que trabalhem, dá a eles, em troca, o mínimo que os impeça de morrer de fome e guarda o resto para si. Nosso trabalho ara o solo, nossos excrementos o fertilizam, mas nenhum de nós possui qualquer coisa além de nossa própria pele. Vocês, vacas, que vejo aqui na minha frente, quantos milhares de galões de leite deram no ano passado? E o que aconteceu com o leite que deveria ter alimentado bezerros fortes? Cada gota dele desceu pela garganta de nossos inimigos. E vocês, galinhas, quantos ovos botaram no último ano, e quantos desses ovos se transformaram em pintinhos? O resto todo foi para o mercado, para trazer dinheiro para o Jones e seus homens. E você, Quitéria, onde estão aqueles quatro potrinhos que teve, que deveriam ser o apoio e o prazer de sua velhice? Cada um deles foi vendido ao fazer um ano de idade; você jamais os verá novamente. Em troca de suas quatro gestações, e de todo o seu trabalho nos campos, o que você já recebeu além do mínimo de ração e um estábulo?

E nem mesmo é permitido que as vidas miseráveis que levamos cheguem a um fim natural. Por mim mesmo, não reclamo, pois sou um dos sortudos. Tenho doze anos e já tive mais de quatrocentos filhos. É esta a vida natural de um porco. Entretanto, nenhum animal escapa da faca cruel no final. Vocês, jovens porcos, sentados à minha frente, todos vocês terminarão a vida gritando sobre uma tábua de corte, dentro de um ano. Esse horror chegará para todos nós: vacas, porcos, galinhas, ovelhas, todos. Nem mesmo os cavalos e cachorros têm um destino melhor. Você, Sansão, no mesmo dia em que esses seus músculos enormes perderem a força, Jones o venderá para o abatedouro, onde cortarão sua garganta e lhe ferverão para dar para os sabujos. Quanto aos cachorros, quando ficam velhos e banguelas, Jones amarra-lhes um tijolo ao redor do pescoço e os afoga no lago mais próximo.

Não está mais do que claro, então, camaradas, que todos os males de nossas vidas surgem da tirania dos seres humanos? Basta livrar-nos deles e os frutos de nosso trabalho seriam nossos. Quase da noite para o dia, poderíamos ficar ricos e livres. O que precisamos fazer, então? Oras, trabalhar noite e dia, de corpo e alma, para derrubar a raça humana! É esta minha mensagem para vocês, camaradas: rebelião! Não sei quando essa rebelião poderá acontecer, pode ser dentro de uma semana, ou em um século, mas sei, com tanta certeza quanto enxergo este feno debaixo de minhas patas, que, mais cedo ou mais tarde, a justiça será feita. Concentrem-se nisso, camaradas, pelo resto do pouco tempo de vida que lhes resta! E, acima de tudo, passem minha mensagem aos que vierem depois de vocês, para que as gerações futuras continuem a batalha, até que saiam vitoriosas.

E lembrem-se, camaradas, sua resolução não deve falhar jamais. Nenhum argumento pode desviá-los. Nunca escutem quando lhes disserem que os humanos e os animais têm um interesse em comum, que a prosperidade de um é a prosperidade do outro. É tudo mentira. Os humanos não servem aos interesses de qualquer criatura, a não ser aos próprios. E, entre nós, animais, que haja a mais perfeita unidade, perfeita camaradagem na luta. Todos os humanos são inimigos. Todos os animais são camaradas.

Naquele momento, houve um tremendo rebuliço. Enquanto Major falava, quatro grandes ratos haviam saído de seus buracos e se sentado sobre suas patas traseiras, ouvindo-o. Os cachorros os avistaram de repente, e foi só com uma corrida veloz na direção de suas tocas que os ratos se salvaram. Major ergueu a pata, pedindo silêncio.

— Camaradas — disse ele —, esta é uma questão que precisa ser resolvida. As criaturas selvagens, como os ratos e os coelhos, são nossas amigas ou inimigas? Vamos votar. Proponho esta pergunta à assembleia: os ratos são camaradas?

A votação ocorreu na mesma hora, e ficou acordado, pela maioria esmagadora, que os ratos eram camaradas. Houve apenas quatro dissidentes, os três cachorros e a gata, que, descobriu-se depois, votara em ambos os lados. Major continuou:

— Tenho pouco a acrescentar. Apenas repito, lembrem-se sempre de seu dever de inimizade em relação aos Humanos e todos os seus costumes. Tudo o que anda sobre duas pernas é inimigo. Tudo o que anda sobre quatro patas, ou tem asas, é amigo. E lembrem-se também que, ao lutar contra os Humanos, não podemos acabar nos parecendo com eles. Mesmo depois que os tiverem derrotado, não adotem seus defeitos. Nenhum animal deve viver em uma casa, dormir em uma cama, usar roupas, beber álcool, fumar tabaco, encostar em dinheiro ou fazer comércio. Todos os hábitos dos Humanos são do mal. E, acima de tudo, nenhum animal deve tiranizar seus semelhantes. Fracos ou fortes, espertos ou simplórios, somos todos irmãos. Nenhum animal deve matar outro animal. Todos os animais são iguais.

E agora, camaradas, contarei a vocês sobre meu sonho da noite passada. Não consigo descrevê-lo. Foi um sonho sobre a Terra, como será quando os Humanos tiverem desaparecido. Isso lembrou-me de algo que eu esquecera há muito. Vários anos atrás, quando eu era um porquinho, minha mãe e as outras porcas costumavam cantar uma canção antiga, da qual sabiam só a melodia e as primeiras três palavras. Eu conhecia aquela melodia na infância, mas fazia muito tempo que sumira de minha mente. Na noite passada, contudo, voltou-me em sonho. Além disso, a letra da canção também voltou; letra esta que, estou certo, fora cantada pelos animais de muito tempo atrás e se perdera ao longo das gerações. Cantarei esta canção para vocês agora, camaradas. Estou velho e minha voz é rouca, mas após ensinar-lhes a melodia, poderão cantar melhor que eu. Chama-se "Bichos da Inglaterra".

O velho Major pigarreou e começou a cantar. Como dissera, sua voz era rouca, mas até que cantou bem, e era uma melodia animada, parecida com uma mistura de "Clementina" e "La Cucaracha". A letra era assim:

"Bichos da Inglaterra, animais da Irlanda,
Bichos do frio, animais de lugar quente,
Escutem minhas boas notícias
Sobre o belo futuro que temos pela frente.
Mais cedo ou mais tarde, chegará o dia
Em que o Humano Tirano será sobrepujado,
E nos férteis campos da Inglaterra
Só passeará o bicho, sossegado.
As argolas sumirão de nossos focinhos,
De nossas costas as correias sairão,
Freio e espora enferrujarão para sempre,
Chicotes cruéis nunca mais estalarão.
Riquezas além da imaginação,
Trigo e cevada, feno para pastar,
Cenoura, beterraba e feijão
Serão nossos, quando este dia chegar.
O sol iluminará os campos da Inglaterra,
As águas mais puras correrão,

Mais doces soprarão suas brisas,
No dia de nossa libertação.
Para isso, todos precisamos trabalhar,
Ainda que pereçamos antes de sua chegada;
Vacas e cavalos, gansos e perus,
Precisam lutar pela liberdade tão sonhada.
Bichos da Inglaterra, bichos da Irlanda,
Bichos do frio, bichos de lugar quente,
Ouçam bem e espalhem minhas notícias
Sobre o belo futuro que temos pela frente."

A canção deixou os animais em estado de extrema agitação. Quase antes que Major terminasse, haviam eles mesmos começado a cantar. Até mesmo o mais estúpido entre eles decorara a melodia e uma parte da letra, e os mais espertos, como os porcos e cachorros, já sabiam toda a música de cor, em questão de minutos. Então, após algumas tentativas preliminares, a granja inteira irrompera em uma cantoria de "Bichos da Inglaterra", em um tremendo uníssono. As vacas mugiam, os cachorros ganiam, as ovelhas baliam, os cavalos relinchavam e os patos grasnavam a canção. Deleitaram-se tanto com ela que cantaram cinco vezes seguidas, sem parar, e poderiam ter continuado a noite toda, se não tivessem sido interrompidos.

Infelizmente, a comoção acordara o Sr. Jones, que pulara da cama, certo de que havia uma raposa no pátio. Agarrou a arma que sempre ficava em um canto de seu quarto e disparou várias balas número 6 no escuro. Os projéteis se enterraram na parede do celeiro, e a reunião terminou às pressas. Cada um correu para seu local de descanso. Os pássaros subiram em seus poleiros, os animais deitaram-se em seu feno, e a granja toda dormiu em um instante.

2

Três dias depois, o velho Major morreu tranquilamente enquanto dormia. Seu corpo foi enterrado no pé do pomar.

Isso foi no início de março. Durante os três meses seguintes, houve muita atividade secreta. O discurso de Major dera aos animais mais inteligentes da granja uma perspectiva completamente nova sobre a vida. Não sabiam quando a rebelião predita pelo Major ocorreria, não tinham motivo para pensar que seria enquanto eles mesmos estivessem vivos, mas viam claramente que era seu dever preparar-se para ela. O trabalho de ensinar e organizar os outros ficou naturalmente sob a responsabilidade dos porcos, que eram geralmente reconhecidos como os animais mais inteligentes. Preeminentes entre os porcos eram dois jovens, Bola de Neve e Napoleão, que o Sr. Jones estava criando para vender. Napoleão era um porco grande e de aparência um tanto quanto feroz, da raça berkshire, o único da fazenda; não falava muito, mas tinha a reputação de sempre conseguir o que queria. Bola de Neve era mais vivaz que Napoleão, falava mais rápido e era mais criativo, mas não tinha fama de ter a mesma profundidade de caráter. Todos os outros porcos machos da fazenda eram criados para servir de alimento. O mais conhecido era um pequeno e gordo chamado Garganta, com bochechas bem redondas, olhos brilhantes, movimentos ágeis e voz estridente. Era um orador brilhante e, quando debatia algum assunto difícil, tinha o hábito de saltar de um lado para outro e sacudir a cauda, o que era, por algum motivo, bastante persuasivo. Os outros diziam que Garganta conseguiria transformar o preto no branco.

Aqueles três haviam elaborado os ensinamentos do velho Major, transformando-os em um sistema de pensamento completo, ao qual deram o nome de Animalismo. Várias noites por semana, depois que o Sr. Jones dormia, conduziam reuniões secretas no celeiro e expunham os princípios do Animalismo aos outros. De início, defrontaram-se com muita estupidez e apatia. Alguns animais mencionaram seu dever de lealdade para com o Sr. Jones, a quem se referiam como "Mestre", ou fizeram observações óbvias como "o Sr. Jones nos alimenta. Se ele sumir, vamos morrer de fome". Outros fizeram perguntas como "por que deveríamos ligar para o que acontece depois da nossa morte?", ou "se essa Rebelião vai acontecer de qualquer jeito, que diferença faz se trabalharmos em prol dela ou não?", e os porcos tiveram muita dificuldade para fazê-los entender que isso ia de encontro ao espírito do Animalismo. As perguntas mais tolas de todas foram feitas por Mimosa, a égua branca. A primeiríssima pergunta que fez para Bola de Neve foi:

— Ainda vai haver açúcar depois da Rebelião?

— Não — respondeu Bola de Neve, firmemente. — Não temos como fazer açúcar nesta granja. Além disso, você não precisa de açúcar. Terá toda a aveia e todo o feno que quiser.

— E ainda poderei usar laços na minha crina? — perguntou Mimosa.

— Camarada — disse Bola de Neve —, esses laços que tanto ama são um sinal de escravidão. Não entende que a liberdade vale mais do que laços?

Mimosa concordou, mas não pareceu muito convencida.

Os porcos tiveram ainda mais dificuldade para enfrentar as mentiras espalhadas por Moisés, o corvo domesticado. Moisés, que era o bicho de estimação especial do Sr. Jones, era um espião e fofoqueiro, mas também um conversador esperto. Alegava saber da existência de uma terra misteriosa chamada Montanha de Açúcar, aonde todos os animais iam quando morriam. Ficava em algum lugar no céu, um pouco além das nuvens, dizia Moisés. Na Montanha de Açúcar, era domingo sete dias por semana, havia grama disponível o ano todo e torrões de açúcar e bolo de linhaça cresciam em árvores. Os animais odiavam Moisés porque ele contava mentiras e não trabalhava, mas alguns deles acreditavam na Montanha de Açúcar, e os porcos tiveram que argumentar muito para convencê-los de que não existia tal lugar.

Seus discípulos mais fiéis eram os dois cavalos de tração, Sansão e Quitéria. Os dois tinham muita dificuldade em pensar sozinhos, mas, depois de terem aceitado os porcos como seus professores, absorviam tudo o que lhes era dito e transmitiam aos outros animais através de argumentos simples. Nunca deixavam de comparecer às reuniões secretas no celeiro e lideravam a cantoria de "Bichos da Inglaterra", que sempre fechava as reuniões.

No final das contas, a Rebelião acontecera muito mais cedo, e com muito mais facilidade do que qualquer um esperava. Nos últimos anos, o Sr. Jones, apesar de ser um mestre duro, fora um fazendeiro hábil, mas andava enfrentando uma época ruim.

Ficara muito desanimado ao perder dinheiro com uma ação judicial e começara a beber mais do que lhe convinha. Passava dias inteiros sentado na cadeira da cozinha lendo jornais, bebendo e ocasionalmente dando a Moisés pedaços de pão molhados na cerveja. Seus empregados eram ociosos e desonestos, os campos estavam cheios de ervas daninhas, os telhados das construções precisavam de conserto, as sebes estavam negligenciadas, e os animais, mal alimentados.

Chegou junho, e o feno estava quase pronto para ser cortado. Na véspera do solstício de verão, que era um sábado, o Sr. Jones foi para a cidade de Willingdon e ficou tão bêbado no pub Red Lion que só voltou ao meio-dia do domingo. Os empregados haviam ordenhado as vacas de manhã e depois saíram para caçar coelhos, sem se preocupar em alimentar os animais. Quando o Sr. Jones retornou, foi logo dormir no sofá da sala, com o jornal *News of the World* sobre o rosto. Ao cair da noite, os animais ainda não haviam comido. Eles não aguentavam mais. Finalmente uma das vacas quebra a porta do barracão com uma cabeçada, e todos os animais começam a pegar a comida que havia nos cestos. Foi então que o Sr. Jones acordou. No momento seguinte, ele e seus quatro empregados já estavam no barracão, com chicotes em punho, estalando-os em todas as direções. Isso estava além do que os animais famintos podiam suportar. Em uníssono, apesar de nada do tipo ter sido planejado de antemão, arremessaram-se de encontro a seus algozes. Jones e seus homens viram-se, de repente, levando cabeçadas e chutes por todos os lados. A situação estava absolutamente fora de seu controle. Nunca haviam visto os animais se comportarem daquela forma, e aquela repentina insurreição das criaturas, acostumadas a apanharem e serem maltratadas como os homens queriam, deixou-os quase loucos de medo. Após uns poucos momentos, desistiram de tentar defender-se e saíram correndo. Um minuto depois, os cinco já estavam em plena fuga, descendo a trilha da carroça que levava à estrada principal, com os animais perseguindo-os em triunfo.

A Sra. Jones estava olhando pela janela do quarto; viu o que aconteceu e, enfiando alguns pertences apressadamente em uma bolsa, saiu da fazenda pelo outro lado. Moisés saltou do poleiro e voou atrás dela, grasnando alto. Os animais aquela altura haviam perseguido Jones e seus homens até a estrada e fechado o portão atrás deles. Assim, quase sem perceber o que estava acontecendo, a Rebelião fora feita com sucesso: Jones fora expulso, e a Granja do Solar era deles.

Durante os primeiros minutos, os animais mal podiam acreditar em sua sorte. A primeira coisa que fizeram foi galopar em conjunto pelos limites da fazenda, como que para certificar-se de que nenhum humano estava escondido em algum canto; então, correram de volta para as edificações, para apagar os últimos vestígios do odiado reinado de Jones. A sala dos arreios, na parte de trás dos estábulos, foi arrombada; os freios, as argolas, as correntes dos cachorros, as facas cruéis que o Sr. Jones usava para castrar os porcos e cordeiros foram todos jogados no poço. As rédeas, os cabrestos, os antolhos, os bornais degradantes foram jogados na fogueira que havia sido feita no pátio. Os chicotes também. Os animais deram pulos de alegria ao ver os chicotes pegando fogo. Bola de Neve também jogou na fogueira os laços que costumavam decorar as crinas e caudas dos cavalos em dias de mercado.

— Laços — disse — devem ser considerados roupas, marcas do ser humano. Todos os animais devem andar nus.

Quando Sansão ouviu isso, pegou o chapeuzinho de palha que usava no verão para manter as moscas fora de seus ouvidos e jogou-o nas chamas com o resto.

Em muito pouco tempo, os animais destruíram tudo que os lembrava do Sr. Jones, Napoleão levou-os de volta para o galpão e serviu uma quantidade dupla de ração de milho a todos, com dois biscoitos para cada cachorro. Então, cantaram "Bichos da Inglaterra" de cabo a rabo, sete vezes seguidas, e depois foram deitar-se. Dormiram como jamais haviam dormido antes.

Ao amanhecer, quando acordaram, como de costume, lembraram-se da coisa gloriosa que acontecera e saíram todos correndo para o pasto, juntos. Um pouco para baixo do pasto havia um monte, que dava uma boa vista da granja inteira. Os animais subiram correndo e olharam ao redor, sob a luz límpida da manhã. Sim, era deles — tudo o que eles podiam ver era deles! No êxtase daquele pensamento, saltitaram por todos os cantos, dando grandes saltos de emoção. Rolaram no orvalho, encheram a boca com a doce grama do verão, chutaram grandes torrões de terra preta e inalaram seu cheiro. Então, inspecionaram a granja toda, examinando com admiração muda o solo arado, os campos de feno, o pomar, o lago, o pequeno bosque. Era como se nunca houvessem visto aquelas coisas antes, e mesmo assim mal podiam acreditar que tudo pertencia a eles.

Então, voltaram em fila para os edifícios da granja e pararam em silêncio em frente à porta da casa. Também era deles, mas estavam com medo de entrar. Após um momento, contudo, Bola de Neve e Napoleão arrombaram a porta com os ombros, e os animais entraram em fila única, caminhando com o maior cuidado, para não derrubar nada. Andaram na ponta dos pés de cômodo a cômodo, com medo de levantar a voz acima de um sussurro, e olhando com assombro para o luxo inacreditável, as camas com colchões de penas, os espelhos, o sofá de pelo de cavalo, o tapete de Bruxelas, a litografia da rainha Vitória sobre a cornija da lareira. Estavam descendo as escadas,quando perceberam que Mimosa estava sumida. Voltando, descobriram que ela ficara para trás, no melhor quarto. Pegara um pedaço de fita azul da penteadeira da Sra. Jones, segurava-o contra seu ombro e admirava-se no espelho, de forma bastante tola. Os outros repreenderam-na severamente, e então saíram. Uns presuntos pendurados na cozinha foram levados para fora para ser enterrados, e o barril de cerveja na copa foi quebrado com um chute do casco de Sansão, mas nada mais na casa foi tocado. Uma deliberação unânime foi aprovada imediatamente, a de preservar a casa da fazenda como um museu. Todos concordaram que nenhum animal deveria morar nela.

Os animais tomaram seu café da manhã, e então Bola de Neve e Napoleão convocaram-nos novamente.

— Camaradas — disse Bola de Neve —, são seis e meia, e temos um longo dia pela frente. Hoje começamos a colheita do feno, mas há outro assunto que precisa ser tratado antes.

Os porcos revelaram, então, que nos últimos três meses haviam aprendido sozinhos a ler e escrever com uma velha cartilha que pertencera aos filhos do Sr. Jones e que fora jogada no lixo. Napoleão mandou buscar potes de tinta preta e branca e foi até o portão da frente, que dava para a estrada principal e era formado por cinco tábuas. Bola de Neve (pois era ele quem sabia escrever melhor) pegou um pincel entre as duas articulações de sua pata, pintou por cima das palavras "GRANJA DO SOLAR", na tábua superior do portão, e escreveu "GRANJA DOS BICHOS" por cima. Seria esse o nome da granja dali em diante. Depois disso, voltaram para as edificações da granja, onde Bola de Neve e Napoleão mandaram buscar uma escadinha, que foi colocada na parede de trás do grande celeiro. Explicaram que, com seus estudos, nos três últimos meses, os porcos haviam conseguido reduzir os princípios do Animalismo a Sete Mandamentos. Estes, então, seriam inscritos na parede; formariam uma lei inalterável segundo a qual todos os animais da Granja dos Bichos viveriam para sempre. Com um pouco de dificuldade (não é fácil para um porco se equilibrar sobre uma escada), Bola de Neve subiu e começou a trabalhar. Garganta permanecia alguns degraus abaixo segurando o pote de tinta. Os Mandamentos foram escritos na parede escurecida com grandes letras brancas, que podiam ser lidas a vinte e cinco metros de distância. Diziam o seguinte:

OS SETE MANDAMENTOS

1. Tudo o que anda sobre duas pernas é inimigo.

2. Tudo o que anda sobre quatro patas, ou tem asas, é amigo.

3. Nenhum animal deverá usar roupas.

4. Nenhum animal deverá dormir em uma cama.

5. Nenhum animal deverá beber álcool.

6. Nenhum animal deverá matar outro animal.

7. Todos os animais são iguais.

Tudo fora escrito muito bem e, exceto pelo fato de "amigo" ter sido grafado "*amigu*" e de um "s" escrito de trás para frente, a ortografia estava correta de cabo a rabo. Bola de Neve leu em voz alta para os outros. Todos os animais assentiram, em completa concordância, e os mais espertos começaram imediatamente a decorar os Mandamentos.

— Agora, camaradas — exclamou Bola de Neve, jogando o pincel de lado —, para o campo! Será uma questão de honra concluir a colheita mais rapidamente do que Jones e seus homens.

Naquele momento, porém, as três vacas, que já pareciam inquietas há algum tempo, começaram a mugir alto. Fazia vinte e quatro horas que não eram ordenhadas, e suas tetas estavam a ponto de explodir. Após refletirem um pouco, os porcos mandaram buscar baldes e ordenharam as vacas com certo sucesso, suas patas até que eram bem adaptadas para a tarefa. Logo havia cinco baldes de leite espumoso e cremoso, que muitos dos animais olhavam com interesse considerável.

— O que acontecerá com todo esse leite? — perguntou alguém.

— Jones às vezes misturava em nossa ração — disse uma das galinhas.

— Deixem o leite para lá, camaradas! — gritou Napoleão, colocando-se na frente dos baldes. — Nós tomaremos conta dele. A colheita é mais importante. O camarada Bola de Neve irá na frente. Seguirei vocês em minutos. Avante, camaradas! O feno os aguarda.

Assim, os animais desceram até os campos para começar a colheita. À noite, quando eles voltaram, repararam que o leite desaparecera.

3

Como trabalharam e suaram para colher o feno! Seus esforços, contudo, foram recompensados, pois a colheita fora um sucesso ainda maior do que haviam esperado.

Às vezes, era difícil trabalhar; as ferramentas haviam sido criadas para seres humanos, e para não animais. Era um grande obstáculo o fato de nenhum animal conseguir usar qualquer dos implementos que envolvesse erguer-se sobre as pernas traseiras. Os porcos, porém, eram tão espertos que conseguiam pensar em formas de contornar todas as dificuldades. Já os cavalos conheciam cada centímetro dos campos e entendiam, na verdade, como cortar e rastelar muito melhor que Jones e seus homens jamais haviam compreendido. Os porcos não trabalharam efetivamente, mas dirigiram e supervisionaram os outros. Com seus conhecimentos superiores, era natural que assumissem a liderança. Sansão e Quitéria atrelaram a si mesmos a colheitadeira ou o rastelo (nenhum cabresto ou rédea eram necessários nestes dias, é claro) e caminhavam firmemente ao redor dos campos, de novo e de novo, com um porco andando atrás deles a exclamar: "Força, camaradas!" ou "Opa, para trás, camaradas!", conforme o caso. E todos os animais, até o mais humilde, pegavam e juntavam todo o feno. Até mesmo os patos e as galinhas labutavam, de um canto a outro, debaixo do sol, carregando pedacinhos minúsculos de feno no bico. No fim, terminaram a colheita dois dias antes do tempo que Jones e seus homens costumavam levar. Além disso, tratava-se da maior colheita que a fazenda já testemunhara. Não houve desperdício nenhum; as galinhas e os patos, com seus olhares afiados, recolheram até o último caule. E nenhum animal da fazenda roubara nada, nem mesmo uma bocada.

Durante todo o verão, o trabalho da fazenda prosseguiu como um relógio. Os animais estavam felizes de uma forma que jamais poderiam ter imaginado. Cada bocada de comida trazia um prazer imenso, agora que era realmente a comida deles, produzida por eles e para eles mesmos, e não dada a eles por um amo reticente. Sem os inúteis humanos parasitas, havia mais para todos comerem. Também havia mais lazer, por mais inexperientes que fossem os animais. Depararam com muitas dificuldades; por exemplo, mais para o fim do ano, quando colheram o milho, tiveram que apiloar da forma antiquada, e soprar o joio para separá-lo, já que a fazenda não tinha uma debulhadora, mas os porcos, com sua inteligência, e Sansão, com seus tremendos músculos, sempre faziam com que superassem as dificuldades. Sansão era admirado por todos, tinha sido um trabalhador esforçado na época de Jones, mas agora se assemelhava a três cavalos, e não apenas um; havia dias em que todo o trabalho da fazenda parecia estar sobre seus grandes ombros. De manhã até a noite, empurrava e puxava, sempre onde o trabalho era mais pesado. Fizera um acordo com um dos galos, para que o acordasse pela manhã meia hora antes de todo o resto. Ele fazia trabalho voluntário sempre que necessário, antes do dia normal de labuta começar. Sua resposta para todos os problemas, todos os obstáculos, era "Trabalharei com mais afinco!", que adotara como seu lema pessoal.

Todos trabalhavam de acordo com sua capacidade. As galinhas e os patos, por exemplo, juntaram cento e vinte cinco quilos de milho durante a colheita, apenas pegando grãos perdidos. Ninguém roubava, ninguém reclamava de suas rações, as brigas, mordidas e ciúmes, que eram características normais da vida antigamente, haviam quase desaparecido. Ninguém fazia corpo mole, isto é, quase ninguém. Mimosa, é verdade, não era muito boa em acordar pela manhã e tinha o hábito de sair cedo do trabalho, alegando ter uma pedra no casco. E o comportamento da gata era um tanto quanto peculiar. Logo repararam que, sempre que havia trabalho a ser feito, a gata não era vista em lugar algum. Desaparecia por horas e depois reaparecia no horário das refeições, ou à noite, quando a labuta terminava, como se nada houvesse acontecido. Ela sempre inventava desculpas tão boas e ronronava com tanto afeto que era impossível duvidar de suas boas intenções. O velho Benjamim, o burro, parecia não ter mudado nada desde a Rebelião. Cumpria suas tarefas do mesmo modo lento e obstinado da época de Jones, nunca deixava nada por fazer, tampouco se voluntariava para trabalho extra. Quando perguntavam se não estava mais feliz, agora que Jones se fora, ele apenas respondia:

— Burros vivem bastante. Nenhum de vocês viu um burro morto.

E os outros tinham que se contentar com tal resposta críptica.

Aos domingos, não trabalhavam. O café da manhã era servido uma hora mais tarde que de costume. Depois, havia uma cerimônia que era observada todas as semanas, sem falta. Primeiro, a bandeira era hasteada. Bola de Neve encontrara no depósito onde eram guardados os arreios uma velha toalha de mesa verde da Sra. Jones e pintara nela um casco e um chifre brancos. Era puxada mastro acima, no jardim atrás da casa da fazenda, todo domingo de manhã. A bandeira era verde, explicara Bola de Neve, para representar os campos verdejantes da Inglaterra, enquanto o casco e o chifre simbolizavam a futura República dos Bichos, que se ergueria quando a raça humana fosse finalmente derrubada. Após o hasteamento da bandeira, todos os animais iam para o grande celeiro, para uma assembleia-geral, conhecida como Reunião. Lá, o trabalho da semana seguinte era planejado e deliberações eram propostas e debatidas. Sempre os porcos propunham as deliberações. Os outros animais sabiam como votar, mas nunca conseguiam pensar em alguma deliberação própria. Bola de Neve e Napoleão eram, de longe, os mais ativos nos debates. Os outros, porém, repararam que aqueles dois nunca concordavam: qualquer sugestão que um deles fazia seria, com certeza, motivo de oposição pelo outro. Até mesmo quando ficou decidido — algo a que ninguém poderia objetar — reservar um pequeno estábulo atrás do pomar para servir de lugar de descanso aos animais que não conseguiam mais trabalhar, houve um debate ferrenho quanto à idade correta para a aposentadoria de cada classe de animal. A Reunião sempre terminava com uma cantoria de "Bichos da Inglaterra", e a tarde era reservada para o lazer.

Os porcos haviam estabelecido o depósito dos arreios como sua própria sede. Ali, às noites, estudavam ferraria, carpintaria e outras artes necessárias, com livros que haviam tirado da casa da fazenda. Bola de Neve também ocupava-se com a organização dos outros animais no que chamava de Comitês dos Animais. Era infatigável na tarefa. Formou o Comitê de Produção de Ovos para as galinhas, a Liga das Caudas Limpas para as vacas, o Comitê de Reeducação dos Camaradas Selvagens (cujo objetivo era domesticar os ratos e coelhos), o Movimento da Lã Mais Branca para as ovelhas, e vários outros, além de instituir aulas de leitura e escrita. No geral, esses projetos foram um fracasso. A tentativa de domesticar as criaturas selvagens, por exemplo, ruiu quase imediatamente. Continuaram a se comportar exatamente como antes e, quando tratadas com generosidade, apenas tiravam vantagem. A gata uniu-se ao Comitê de Reeducação e foi muito ativa nele, por alguns dias. Foi vista, um dia, sentada em um telhado, conversando com uns pardais que estavam ligeiramente fora de seu alcance. Estava dizendo a eles que todos os animais agora eram camaradas e que qualquer pardal que quisesse poderia vir empoleirar-se em sua pata; mas os pardais mantiveram distância.

As aulas de leitura e escrita, contudo, foram um grande sucesso. Quando chegou o outono, quase todo animal da granja estava alfabetizado, até certo ponto.

Quanto aos porcos, sabiam ler e escrever perfeitamente. Os cachorros aprenderam a ler bastante bem, mas não interessaram-se pela leitura de nada além dos Sete Mandamentos. Maricota, a cabra, sabia ler um pouco melhor que os cachorros e às vezes lia para os outros à noite alguns recortes de jornal que encontrava no lixo. Benjamim sabia ler tão bem quanto qualquer porco, mas nunca exercia tal faculdade. Até onde sabia, disse ele, não havia nada que valesse a pena ler. Quitéria aprendeu o alfabeto inteiro, mas não conseguia formar palavras. Sansão não conseguiu passar da letra D. Traçava A, B, C, D na terra com seu grande casco e depois ficava encarando as letras, com as orelhas para trás, às vezes sacudindo a crina, tentando por tudo lembrar-se do que vinha depois, sem nunca conseguir. Em várias ocasiões, na verdade, aprendeu E, F, G, H, mas, quando decorava essas letras, sempre descobria que se esquecera de A, B, C e D. Finalmente, decidiu contentar-se com as quatro primeiras letras, e costumava escrevê-las uma ou duas vezes ao dia, para refrescar a memória. Mimosa recusou-se a aprender qualquer letra que não fosse uma das cinco que formavam seu nome. Escrevia-as com muito cuidado, usando gravetos, que enfeitava com uma ou duas flores, e andava ao redor deles, admirando-os.

Nenhum dos outros animais da granja conseguia passar da letra A. Também se descobriu que os animais mais estúpidos, como as ovelhas, as galinhas e os patos, eram incapazes de decorar os Sete Mandamentos. Após pensar muito, Bola de Neve declarou que os Sete Mandamentos podiam ser reduzidos a uma única máxima, a saber: "Quatro pernas: bom, duas pernas: mau". Isso, disse ele, continha o princípio essencial do Animalismo. Qualquer um que o compreendesse inteiramente estaria a salvo de influências humanas. Os pássaros objetaram, de início, pois parecia-lhes que tinham duas pernas, mas Bola de Neve provou que não era o caso.

— A asa de um pássaro, camaradas — disse —, é um órgão de propulsão, e não de manipulação. Deve, portanto, ser considerada uma pata. A marca distintiva de um ser humano é a *mão*, o instrumento que usa para causar todos os males.

Os pássaros não entenderam as palavras complicadas de Bola de Neve, mas aceitaram sua explicação, e todos os animais mais humildes puseram-se a decorar a nova máxima. "QUATRO PERNAS: BOM, DUAS PERNAS: MAU" foi escrita na parede do fundo do celeiro, acima dos Sete Mandamentos e em letras maiores. Após saberem de cor, as ovelhas começaram a gostar muito dessa máxima, e com frequência, enquanto estavam deitadas nos campos, começavam todas a balir: "Quatro pernas: bom, duas pernas: mau! Quatro pernas: bom, duas pernas: mau!", por horas a fio, sem nunca enjoar.

Napoleão não se interessou pelos comitês de Bola de Neve. Disse que a educação dos jovens era mais importante que qualquer coisa que pudesse ser feita pelos que já haviam crescido. Lulu e Ferrabrás haviam calhado de ter a cria logo depois da colheita do feno, dando à luz nove filhotes robustos. Logo que desmamaram, Napoleão tirou-os de suas mães, dizendo que se responsabilizaria por sua educação. Levou-os para um pombal, que só podia ser acessado pelo depósito de arreios, através de uma escada, e manteve-os lá, em tamanha reclusão que o resto da granja logo se esqueceu de sua existência.

O mistério do que acontecera com o leite logo foi resolvido. Era misturado todos os dias à ração dos porcos. As primeiras maçãs já amadureciam, e a grama do pomar estava cheia de surpresas. Os animais haviam presumido que estas seriam compartilhadas igualmente; contudo, uma ordem foi transmitida, um dia, segundo a qual todas as maçãs que haviam caído deveriam ser coletadas e levadas ao depósito dos arreios, para uso dos porcos. Ao ouvirem aquilo, alguns dos outros animais murmuraram, sem efeito. Todos os porcos estavam de acordo com a questão, até mesmo Bola de Neve e Napoleão. Garganta foi enviado para dar as explicações necessárias aos outros.

— Camaradas! — exclamou. — Espero que não achem que nós, os porcos, estamos fazendo isso em um espírito de egoísmo e privilégio! Muitos de nós detestamos leite e maçãs, na verdade. Eu mesmo não gosto. Nosso único objetivo, ao pegar tais coisas, é preservar nossa saúde. Leite e maçãs (isso foi provado pela ciência, camaradas) contêm substâncias absolutamente necessárias para a saúde de um porco. Nós, porcos, trabalhamos com o cérebro. Todo o gerenciamento e a organização dessa granja dependem de nós. Passamos dia e noite cuidando do bem-estar de vocês. É pelo bem de *vocês* que bebemos o leite e comemos as maçãs. Sabem o que aconteceria se nós, porcos, falhássemos em nossos deveres? Jones voltaria! Sim, Jones voltaria! Decerto, camaradas — exclamou Garganta, em um tom quase de súplica, pulando de um lado para outro e balançando a cauda — decerto algum de vocês quer ver Jones voltar?

Se havia uma coisa da qual todos os animais tinham certeza absoluta era não querer a volta de Jones. Quando o assunto foi colocado diante deles dessa forma, não tinham mais nada a dizer. A importância de manter os porcos saudáveis era óbvia demais. Portanto, ficou acordado, sem mais discussões, que o leite e as maçãs que caíam das árvores (assim como a colheita principal de maçãs, quando amadurecessem) deveriam ser reservados apenas aos porcos.

4

Ao final do verão, a notícia do que acontecera na Granja dos Bichos já se espalhara por metade do país. Todos os dias, Bola de Neve e Napoleão enviavam pombos, com instruções para misturar-se com os animais das fazendas vizinhas, contar a eles a história da Rebelião e ensiná-los a cantar "Bichos da Inglaterra".

A maior parte daquele tempo o Sr. Jones passara sentado no salão do pub Red Lion, em Willingdon, reclamando a qualquer um que ouvisse da monstruosa injustiça que sofrera, por ter sido expulso de sua propriedade por um bando de animais inúteis. Os outros fazendeiros simpatizavam com ele, em teoria, mas não ofereceram muita ajuda de início. No fundo, todos eles estavam imaginando, em segredo, se não conseguiriam usar o infortúnio de Jones em proveito próprio. Por sorte, os donos das duas fazendas vizinhas à Granja dos Bichos estavam brigados há tempos. Uma delas, chamada Foxwood, era uma fazenda grande, negligenciada e antiquada, com várias partes tomadas pela floresta, todos os pastos descuidados e suas cercas vivas em uma condição deplorável. Seu proprietário, o Sr. Pilkington, era um dono de terras tranquilo que passava a maior parte de seu tempo pescando ou caçando, de acordo com a estação. A outra fazenda, a Pinchfield, era menor e mais cuidada. Seu dono era um tal de Sr. Frederick, homem durão e esperto, constantemente envolvido em ações judiciais e com fama de exigente nos negócios. Esses dois odiavam tanto um ao outro que era difícil que chegassem em algum acordo, até mesmo na defesa dos próprios interesses.

Ainda assim, ambos ficaram extremamente assustados pela rebelião na Granja dos Bichos e fizeram questão de impedir que seus animais ficassem sabendo de muita coisa sobre isso. De início, fingiram rir, tirando sarro da ideia de animais administrando uma fazenda sozinhos. Tudo acabaria dentro de uma quinzena, disseram. Espalharam que os animais da Granja do Solar (insistiam em chamá-la de Granja do Solar; não toleravam o nome "Granja dos Bichos") brigavam constantemente entre eles mesmos e estavam rapidamente morrendo de fome. Conforme o tempo passava, e os animais claramente ainda não haviam morrido de fome, Frederick e Pilkington mudaram de tom e começaram a falar sobre a terrível maldade que estava florescendo na Granja dos Bichos. Disseram que os animais de lá praticavam o canibalismo, torturavam uns aos outros com ferraduras incandescentes e compartilhavam as fêmeas. Era esse o resultado de rebelar-se contra as leis da Natureza, diziam Frederick e Pilkington.

Contudo, ninguém acreditou completamente nessas histórias. Rumores a respeito de uma fazenda maravilhosa, de onde os seres humanos haviam sido expulsos e na qual os animais cuidavam dos próprios assuntos, continuavam a circular, de forma vaga e distorcida; e, durante aquele ano, uma onda de rebeldia perpassou o interior do país. Bois que sempre haviam sido dóceis ficaram selvagens de repente; ovelhas derrubaram cercas vivas e devoraram as plantas; vacas chutaram os baldes de ração; cavalos de caça pararam de supetão em frente às cercas e arremessavam seus cavaleiros para o outro lado. Acima de tudo, a melodia de "Bichos da Inglaterra", e até mesmo sua letra, ficaram conhecidas por todo canto. Espalhara-se com uma velocidade surpreendente. Os seres humanos não conseguiam conter a raiva ao ouvir aquela música, apesar de fingirem apenas achá-la ridícula. Diziam não entender como até mesmo os animais conseguiam cantar tamanha baboseira desprezível. Qualquer animal que fosse pego cantando a música era açoitado no mesmo instante. Ainda assim, a canção era irreprimível. Os melros cantavam-na nas cercas, os pombos arrulhavam-na nas árvores, ela penetrou na barulheira das ferrarias e no tocar dos sinos das igrejas. E, quando os humanos a ouviam, estremeciam secretamente, escutando nela uma profecia de seu fim iminente.

No início de outubro, quando o milho fora colhido e empilhado, e uma parte dele já havia sido debulhada, uma revoada de pombos chegou esvoaçando pelo ar e pousou no pátio da Granja dos Bichos, na maior agitação. Jones e todos os seus homens, junto com meia dúzia de outros, das fazendas Foxwood e Pinchfield, haviam passado pelo portão e subiam a estradinha de carroças que levava até a granja. Todos carregavam paus, exceto Jones, que marchava na frente, com uma arma nas mãos. Estava óbvio que tentariam recapturar a granja.

Isso já era há muito esperado, e todos os preparativos haviam sido feitos. Bola de Neve, que estudara um livro antigo sobre as campanhas de Júlio César encontrado na casa da fazenda, ficou encarregado das operações defensivas. Deu suas ordens rapidamente e, dentro de alguns minutos, cada animal estava em seu posto.

À medida que os humanos se aproximavam das edificações da granja, Bola de Neve lançou seu primeiro ataque. Todos os pombos, num total de trinta e cinco, voaram de um lado para outro sobre a cabeça dos homens e defecaram neles. Enquanto os homens lidavam com isso, os gansos, que estavam escondidos atrás da cerca viva, correram para fora e bicaram suas panturrilhas ferozmente. Contudo, essa era apenas uma leve manobra de escaramuça com o objetivo de criar um pouco de desordem, os homens afastaram os gansos facilmente com suas varas. Bola de Neve lançou sua segunda linha de ataque. Maricota, Benjamim e todas as ovelhas, com Bola de Neve na liderança, avançaram correndo, cutucaram e cabecearam os homens por toda parte, enquanto Benjamim virava e os atingia com seus pequenos cascos. Os homens, porém, com suas varas e botas de solado grosso, novamente foram fortes demais para eles. De repente, a um guincho de Bola de Neve, que era o sinal para bater em retirada, todos os animais viraram-se e saíram correndo pelo portão que dava para o pátio.

Os homens deram um grito de triunfo. Imaginaram ver seus inimigos fugindo e correram atrás deles de forma atabalhoada. Era exatamente isso que Bola de Neve pretendia. Assim que entraram por completo no pátio, os três cavalos, as três vacas e o resto dos porcos, que estavam de tocaia no curral das vacas, surgiram atrás deles, bloqueando sua saída. Bola de Neve, então, deu o sinal para atacar. Ele mesmo correu direto na direção de Jones. Este o viu chegando, ergueu a arma e atirou. As balas deixaram marcas sangrentas nas costas de Bola de Neve e atingiram uma ovelha, que caiu morta. Sem parar nem por um instante, Bola de Neve jogou seus noventa e cinco quilos contra as pernas de Jones. Jones foi arremessado sobre uma pilha de esterco, e a arma saiu voando de suas mãos. A cena mais assustadora de todas, no entanto, era a de

Sansão erguendo-se sobre as pernas traseiras e atacando com seus enormes cascos cobertos pelas ferraduras, como um garanhão. O primeiro de seus golpes acertou um jovem da Granja Foxwood na cabeça, fazendo com que caísse sem vida na lama. Ao verem aquilo, vários homens largaram suas varas e tentaram fugir. O pânico tomou conta deles e, no momento seguinte, todos os animais, juntos, perseguiam os homens ao redor do pátio. Levaram chifradas, chutes, mordidas e foram pisoteados. Não havia um único animal na fazenda que não se vingara deles, à própria maneira. Até mesmo a gata pulou de repente do telhado sobre os ombros de um vaqueiro e enfiou as garras em seu pescoço, fazendo-o gritar horrivelmente. Em um instante em que a saída estava livre, os homens correram aliviados para fora do pátio, saindo desabalados na direção da estrada principal. Assim, cinco minutos após a invasão, já estavam batendo em uma retirada ignominiosa, no mesmo caminho pelo qual chegaram, com um bando de gansos sibilando atrás deles e bicando suas pernas incessantemente.

Todos os homens haviam partido, menos um. No pátio, Sansão cutucava com a pata o jovem cavalariço, de bruços sobre a lama, tentando virá-lo para cima. O menino não se mexeu.

— Ele está morto — disse Sansão, tristemente. — Não tive a intenção de fazer isso. Esqueci que estava de ferraduras. Quem vai acreditar que não fiz isso de propósito?

— Sem sentimentalismo, camarada! — exclamou Bola de Neve, de cujas feridas o sangue ainda pingava. — Guerra é guerra. O único humano bom é o humano morto.

— Não tenho o menor desejo de tirar vidas, nem mesmo vidas humanas — repetiu Sansão, com os olhos cheios de lágrimas.

— Onde está Mimosa? — alguém exclamou.

Mimosa estava mesmo desaparecida. Por um momento, todos

ficaram muito alarmados; temiam que os homens pudessem tê-la machucado de alguma forma, ou mesmo a levado consigo. Por fim, acharam-na escondida em sua baia, com a cabeça enterrada no feno. Fugira assim que a arma fora disparada. Quando os outros voltaram para o pátio, após encontrá-la, descobriram que o cavalariço estivera, na verdade, apenas desmaiado, já se recuperara e fugira.

Os animais reuniram-se, então, na maior animação, cada um deles contando as próprias façanhas durante a batalha, a plenos pulmões. Fizeram uma celebração espontânea da vitória imediatamente. A bandeira foi hasteada e "Bichos da Inglaterra" foi cantada várias vezes; então, a ovelha morta recebeu um enterro solene, com um espinheiro plantado sobre seu túmulo. Durante a cerimônia, Bola de Neve fez um pequeno discurso, enfatizando a necessidade de que todos os animais estejam prontos para morrer pela Granja dos Bichos, se preciso.

Os animais decidiram, unanimemente, criar uma condecoração militar: "Animal Herói, Primeira Classe", que foi conferida imediatamente a Bola de Neve e a Sansão. Consistia em uma medalha de latão (tratava-se, na verdade, de decorações de arreio antigas encontradas no depósito), para ser usada aos domingos e feriados. Também havia "Animal Herói, Segunda Classe", que foi conferida postumamente à ovelha morta.

Houve muita discussão sobre que nome dar à batalha. No final, foi chamada de Batalha do Curral, por ser o local onde a emboscada fora feita. A arma do Sr. Jones foi encontrada na lama e sabia-se que havia um estoque de cartuchos na casa. Ficou decidido que a arma seria colocada ao pé do mastro, como item de artilharia, e seria disparada duas vezes ao ano: uma no dia doze de outubro, aniversário da Batalha do Curral, e uma no solstício de verão, aniversário da Rebelião.

5

Com a chegada do inverno, Mimosa foi dando cada vez mais trabalho. Atrasava-se para o trabalho todas as manhãs e desculpava-se dizendo que dormira demais, reclamava de dores misteriosas, apesar de seu apetite ser excelente. Sob todo tipo de pretexto, fugia do trabalho e ia para a lagoa, onde ficava encarando tolamente o próprio reflexo n'água. Havia, no entanto, rumores de algo mais sério. Um dia, quando Mimosa entrou alegremente no pátio, balançando sua longa cauda e mastigando um pedaço de feno, Quitéria chamou-a de lado.

— Mimosa — disse ela —, tenho algo muito sério para dizer-lhe. Hoje de manhã vi você olhando por cima da cerca viva que separa a Granja dos Bichos da Granja Foxwood. Um dos funcionários do Sr. Pilkington estava de pé do outro lado. E... eu estava longe, mas tenho quase certeza do que vi: ele estava falando com você, e você permitia que ele acariciasse seu focinho. O que significa isso, Mimosa?

— Ele não fez isso! Eu não fiz nada disso! Não é verdade! — exclamou Mimosa, começando a andar em círculos e raspar a pata no chão.

— Mimosa! Olhe nos meus olhos e me dê sua palavra de honra! Aquele homem não estava acariciando seu focinho?

— Não é verdade! — repetiu Mimosa, que não conseguia olhar Quitéria nos olhos e, no momento seguinte, saiu em disparada e galopou em direção aos campos.

Quitéria teve uma ideia repentina. Sem dizer nada para os outros, foi até a baia de Mimosa e afastou o feno com a pata. Escondida debaixo do feno estava uma pequena pilha de cubos de açúcar, junto de vários laços de diferentes cores.

Três dias depois, Mimosa desapareceu. Várias semanas se passaram sem que ninguém soubesse de seu paradeiro, até que os pombos relataram tê-la visto do outro lado da cidade de Willingdon. Estava entre os eixos de uma elegante charrete, pintada de vermelho e preto, estacionada do lado de fora de um pub. Um homem gordo e corado que usava calções de estampa xadrez com polainas e que parecia ser o dono do estabelecimento acariciava seu focinho e alimentava-a com cubos de açúcar. Seu pelo tinha sido aparado recentemente e havia um laço vermelho na crina. Parecia feliz, disseram os pombos. Nenhum dos animais mencionou o nome de Mimosa novamente.

Em janeiro, o tempo ficou terrivelmente frio. A terra estava dura como ferro, e nada podia ser feito nos campos. Várias assembleias foram realizadas no grande celeiro, e os porcos ocuparam-se com o planejamento do trabalho da próxima estação. Já fora aceito que cabia aos porcos, que eram claramente mais inteligentes que os outros animais, decidir todas as questões das políticas da granja, ainda que suas deliberações precisassem ser ratificadas por voto majoritário. Tal arranjo teria funcionado bem não fossem as disputas entre Bola de Neve e Napoleão. Esses dois discordavam sobre todos os assuntos possíveis. Se um deles sugeria plantar cevada em uma área maior, o outro com certeza exigiria que se plantasse mais aveia, e se um deles dizia que tal campo era perfeito para repolho, o outro declararia que era inútil para qualquer coisa que não fosse tubérculo. Cada um tinha seus seguidores, e debates violentos aconteciam. Nas assembleias, Bola de Neve costumava conquistar a maioria com seus discursos brilhantes, mas Napoleão era melhor em obter apoio para si nos intervalos entre as reuniões. Se saía especialmente bem com as ovelhas. Ultimamente, as ovelhas haviam desenvolvido o hábito de balir "Quatro pernas: bom, duas pernas: mau", em momentos adequados e inadequados, e frequentemente interrompiam as assembleias assim. Ficou evidente que costumavam irromper em uma cantoria de "Quatro pernas: bom, duas pernas: mau" principalmente nos momentos cruciais dos discursos de Bola de Neve. Esse último havia analisado atentamente edições antigas da revista *Agricultor e Pecuarista* que encontrara na casa da fazenda e estava cheio de planos para inovações e melhorias. Falava sabidamente sobre drenagem de campos, silagem e rejeitos e criara um esquema complicado para que todos os animais despejassem seu esterco diretamente nos campos, em um ponto diferente a cada dia, para economizar o trabalho de transporte. Napoleão não criava nenhum esquema próprio, mas dizia, em voz baixa, que os de Bola de Neve não dariam em nada e parecia estar aguardando sua vez. No entanto, de todas as controvérsias entre eles, nenhuma era tão séria quanto a do moinho.

No pasto comprido, não muito longe dos prédios da granja, havia um pequeno monte, que era o ponto mais alto da propriedade. Após analisar o terreno, Bola de Neve declarou que era o local perfeito para um moinho, que podia ser usado para operar um dínamo e fornecer energia elétrica à granja. Esta iluminaria as baias e os aqueceria durante o inverno e também alimentaria uma serra circular, um cortador de joio, um fatiador de legumes para ração e uma máquina de ordenha elétrica. Os animais nunca haviam ouvido falar de nada daquilo antes (pois a granja era antiquada e só tinha o maquinário mais simples) e ouviam com assombro Bola de Neve conjurar imagens de máquinas fantásticas que fariam o trabalho por eles, enquanto eles contemplariam tranquilamente os campos, ou progrediriam em sua educação com leituras e conversas.

Em algumas semanas, os planos de Bola de Neve para o moinho já estavam criados. Os detalhes mecânicos haviam sido tirados principalmente de três livros que pertenceram ao Sr. Jones: *Mil Coisas Úteis para se Fazer em Casa*, *Todos Podem ser Seus Próprios Pedreiros* e *Eletricidade para Iniciantes*. Bola de Neve usava de escritório um barracão que fora utilizado para guardar incubadoras e que tinha um piso de madeira liso, apropriado para escrever. Com uma pedra segurando os livros abertos e um pedaço de giz entre as juntas de sua pata, movia-se rapidamente para a frente e para trás, desenhando linha por linha e soltando pequenos grunhidos de animação. Gradativamente, os planos transformaram-se em uma massa complicada de alavancas e engrenagens, cobrindo mais da metade do chão, o que os animais achavam absolutamente ininteligível, mas muito impressionante. Todos olhavam os desenhos de Bola de Neve pelo menos uma vez ao dia. Até mesmo as galinhas e os patos iam, e tomavam o maior cuidado para não pisar nas marcas de giz. Só Napoleão se mantinha afastado. Declarara ser contra o moinho desde o início. Entretanto, um dia apareceu inesperadamente para examinar os planos. Andou com passos pesados ao redor do barracão, olhou de perto cada detalhe dos planos, deu uma fungadela na direção deles uma ou duas vezes e depois ficou um tempo parado, contemplando-os de soslaio; então, ergueu uma perna de repente, urinou em cima dos projetos e saiu sem dizer uma palavra.

A granja toda estava profundamente dividida quanto ao assunto do moinho. Bola de Neve não negava que construí-lo seria um negócio difícil. Pedras teriam que ser carregadas e transformadas em paredes, depois as pás teriam que ser construídas, e então precisariam de dínamos e cabos (como estes seriam conseguidos, Bola de Neve não explicara). Argumentava, ainda assim, que tudo poderia ser feito em um ano. E após a conclusão, declarou ele, tanto trabalho seria economizado que os animais só precisariam trabalhar três dias por semana. Napoleão, do outro lado, argumentava que a grande necessidade daquele momento era aumentar a produção de comida e que, se desperdiçassem tempo com o moinho, todos morreriam de fome. Os animais dividiram-se em duas facções, sob os slogans "Vote em Bola de Neve e na semana de três dias de trabalho" e "Vote em Napoleão e no comedouro cheio". Benjamim foi o único que não tomou partido. Recusava-se a acreditar que a comida se tornaria mais abundante, ou que o moinho economizaria esforços. Com ou sem moinho, disse ele, a vida continuaria como sempre fora: quer dizer, ruim.

Além das disputas sobre o moinho, havia a questão da defesa da granja. Todos estavam cientes de que os humanos, apesar de terem sido derrotados na Batalha do Curral, poderiam fazer outra tentativa, mais determinada, de recapturar a granja e reconduzir o Sr. Jones ao comando. Tinham ainda mais motivos para fazer isso, porque a notícia de sua derrota espalhara-se pelo interior, deixando os animais das fazendas vizinhas ainda mais irrequietos. Como de costume, Bola de Neve e Napoleão discordavam. De acordo com Napoleão, o que os animais tinham que fazer era obter armas de fogo e treinar para usá-las. De acordo com Bola de Neve, cada vez mais pombos deveriam ser enviados para atiçar a rebelião entre os animais das outras fazendas. O primeiro argumentava que, se não conseguissem se defender, estavam fadados a ser conquistados, e o último dizia que, se rebeliões acontecessem em todos os lugares, não haveria necessidade de se defender. Os animais ouviram primeiro Napoleão, depois Bola de Neve, e não conseguiam saber quem estava certo; na verdade, sempre concordavam com aquele que estava falando no momento.

Finalmente, chegou o dia em que os projetos de Bola de Neve foram concluídos. Na assembleia do domingo seguinte, a questão de começar ou não os trabalhos do moinho foi posta em votação. Após os animais se reunirem no grande celeiro, Bola de Neve levantou-se e, apesar de ser ocasionalmente interrompido pelo balir das ovelhas, expôs seus motivos para defender a construção do moinho. Então, Napoleão levantou-se para responder. Disse, em voz bem baixa, que o moinho era uma besteira e que não aconselhava ninguém a votar a favor dele, e imediatamente sentou-se de novo; falara menos de trinta segundos e parecia quase indiferente ao efeito que causara. Bola de Neve pôs-se de pé bruscamente e, gritando por cima das ovelhas, que haviam começado a balir de novo, irrompeu em um apelo veemente a favor do moinho. Até então, os animais estavam divididos igualmente em suas opiniões, mas a eloquência de Bola de Neve arrebatou-os em um segundo. Com frases eloquentes, ele conjurou uma imagem da Granja dos Bichos como esta poderia ser, com o trabalho sórdido retirado dos ombros dos animais. Sua imaginação fora além dos cortadores de joio e fatiadores de legumes. A eletricidade, disse ele, poderia operar debulhadeiras, arados, ancinhos, compressores, foices e enfardadeiras, além de fornecer a cada baia a própria luz elétrica, água quente e fria e um aquecedor elétrico. Ao terminar de falar, não havia dúvida de que direção a votação tomaria. No mesmo instante, Napoleão levantou-se e, lançando um olhar estranho de soslaio para Bola de Neve, soltou um grunhido agudo, como ninguém jamais o ouvira emitir antes.

Naquele momento, veio um terrível latido do lado de fora, e nove enormes cães, com coleiras cravejadas de pontas, entraram correndo no celeiro. Lançaram-se diretamente sobre Bola de Neve, que pulou de onde estava bem a tempo de escapar de suas mandíbulas. Em um segundo, já estava do outro lado da porta, com os cachorros em seu encalço. Atônitos e assustados demais para falar, todos os animais amontoaram-se à porta para ver a perseguição. Bola de Neve atravessava correndo o longo pasto que levava até a estrada. Corria como só um porco consegue correr, mas os cães estavam em seus calcanhares. De repente, escorregou, e parecia certo que eles o haviam alcançado. E então, estava de pé novamente, correndo mais rápido do que nunca, com os cães aproximando-se de novo. Um deles quase abocanhou sua cauda, mas Bola de Neve a encolheu bem a tempo. Correu com vigor redobrado e, com alguns centímetros de vantagem, passou por um buraco da cerca viva e não foi mais visto.

Em silêncio e aterrorizados, os animais voltaram de fininho para o celeiro. Em pouco tempo, os cães estavam de volta. De início, ninguém conseguia imaginar de onde aquelas criaturas haviam surgido, mas o mistério foi logo resolvido: eram os filhotes que Napoleão tirara das mães e criara sozinho. Embora não estivessem totalmente crescidos, eram cães enormes, com uma aparência feroz como a dos lobos. Mantinham-se próximos de Napoleão. Todos repararam que os cães sacudiam as caudas para ele, do mesmo modo que os outros cães costumavam fazer para o Sr. Jones.

Napoleão, seguido pelos cachorros, subiu na parte elevada do chão, onde Major se posicionara para fazer seu discurso. Anunciou que, dali em diante, as assembleias das manhãs de domingo não seriam mais realizadas. Eram desnecessárias, disse ele, e desperdiçavam tempo. No futuro, todas as questões relativas ao trabalho da fazenda seriam resolvidas por um comitê especial de porcos presidido por ele mesmo. O comitê se reuniria em particular, e depois comunicaria suas decisões aos outros. Os animais ainda se encontrariam nas manhãs de domingo, para saudar a bandeira, cantar "Bichos da Inglaterra" e receber suas ordens para a semana; mas não haveria mais debates.

A despeito do choque que a expulsão de Bola de Neve causara, os animais ficaram consternados com aquele anúncio. Vários deles teriam protestado, se houvessem conseguido encontrar os argumentos certos. Até mesmo Sansão estava vagamente perturbado. Apontou as orelhas para trás, sacudiu a crina várias vezes e esforçou-se bastante para organizar seus pensamentos; mas, por fim, não conseguiu pensar em nada para dizer. Alguns dos próprios porcos, contudo, foram mais articulados. Quatro porcos jovens sentados na primeira fileira emitiram guinchos agudos de desaprovação, puseram-se de pé e começaram a falar ao mesmo tempo. De repente, os cães sentados ao redor de Napoleão soltaram rosnados profundos e ameaçadores, de modo que os porcos ficaram em silêncio e se sentaram novamente. Em seguida, as ovelhas irromperam em um tremendo balido de "Quatro pernas: bom, duas pernas: mau", que durou quase quinze minutos e pôs fim a qualquer chance de discussão.

Depois disso, Garganta rodou pela fazenda para explicar o novo arranjo aos outros.

— Camaradas — disse —, tenho certeza de que todos os animais daqui apreciam o sacrifício que o Camarada Napoleão faz ao assumir todo esse trabalho extra para si. Não imaginem, camaradas, que a liderança é um prazer! Muito pelo contrário, é uma responsabilidade profunda e pesada. Ninguém acredita mais do que o Camarada Napoleão que todos os animais são iguais. Ele deixaria que vocês tomassem as próprias decisões sozinhos, com o maior prazer, mas, às vezes, podem tomar as decisões erradas, camaradas. E, então, como ficaríamos? Suponhamos que vocês houvessem decidido seguir Bola de Neve, com sua ilusão do moinho. Bola de Neve, que agora sabemos que não era nada além de um criminoso!

— Ele lutou bravamente na Batalha do Curral — disse alguém.

— Valentia não é o suficiente — disse Garganta. — Lealdade e obediência são mais importantes. E, quanto à Batalha do Curral, acredito que chegará o momento em que descobriremos que o papel que Bola de Neve teve foi bastante exagerado. Disciplina, camaradas, disciplina férrea! É esse o lema de hoje. Um passo em falso, e nossos inimigos estarão em cima de nós. Decerto, camaradas, não querem Jones de volta, querem?

Novamente, não havia como refutar tal argumento. Claro que os animais não queriam Jones de volta; se os debates das manhãs de domingo tivessem o condão de trazê-lo de volta, os debates deveriam parar. Sansão, que já tivera tempo de pensar sobre as coisas, expressou o sentimento geral, dizendo:

— Se é o Camarada Napoleão que está dizendo, deve estar certo. — E, dali em diante, adotou a máxima: "Napoleão está sempre certo", além de seu lema particular: "Trabalharei com mais afinco".

Àquela altura, o tempo melhorara, e o trabalho de primavera começara. O barracão onde Bola de Neve desenhara seus projetos para o moinho fora fechado, e todos presumiram que os desenhos no chão haviam sido apagados. Todos os domingos, às dez horas, os animais reuniam-se no grande celeiro para receber suas ordens da semana. O crânio do velho Major, já sem carne, fora desenterrado do pomar e colocado sobre um toco de madeira ao pé do mastro da bandeira, ao lado da arma. Após o hasteamento da bandeira, os animais tinham que passar em fileira pelo crânio, com reverência, antes de entrar no celeiro. Já não se sentavam todos juntos, como haviam feito no passado. Napoleão, acompanhado de Garganta e de outro porco chamado Mínimo, que tinha um talento notável para compor canções e poemas, sentava-se à frente da plataforma elevada, com os nove cães jovens formando um semicírculo ao seu redor, e os outros porcos sentavam-se atrás. O restante dos animais ficava de frente para eles, na parte principal do celeiro. Napoleão lia as ordens da semana em voz alta, num estilo curto e grosso de soldado, e, depois de cantarem "Bichos da Inglaterra" uma única vez, os animais se dispersavam.

No terceiro domingo após a expulsão de Bola de Neve, os animais ficaram um tanto quanto surpresos ao ouvir Napoleão anunciar que o moinho seria construído, afinal. Não deu nenhum motivo para ter mudado de ideia, apenas avisou os animais de que aquela tarefa extra ensejaria muito trabalho pesado e poderia ser até mesmo necessário reduzir suas rações. Os planos, contudo, já haviam sido todos preparados, até o último detalhe. Um comitê especial de porcos trabalhara duro neles nas últimas três semanas. A construção do moinho, com várias outras melhorias, estava prevista para durar dois anos.

Naquela noite, Garganta explicou, em particular, aos outros animais, que Napoleão nunca se opusera de verdade ao moinho. Pelo contrário, fora ele que defendera a ideia de início, e o projeto que Bola de Neve desenhara no chão do barracão fora, na verdade, roubado dos papéis de Napoleão. O moinho era, de fato, criação do próprio Napoleão. Por que então, perguntou, alguém, ele fora tão veementemente contra? Naquele momento, Garganta assumiu uma expressão bastante ardilosa. Aquilo, disse ele, fora a astúcia do Camarada Napoleão. Ele *parecera* se opor ao moinho, mas se tratava apenas de uma manobra para se livrar de Bola de Neve, que era um sujeito perigoso e uma má influência. Agora que Bola de Neve estava fora do caminho, o plano podia prosseguir sem sua interferência. Isso, disse Garganta, se chamava tática. Repetiu várias vezes: "Tática, camaradas, tática!", dando pulinhos e sacudindo a cauda, com uma risada alegre. Os animais não sabiam direito o que a palavra significava, mas Garganta falava com tamanha persuasão, e os três cães que calharam de estar com ele rosnaram de forma tão ameaçadora que todos aceitaram sua explicação, sem mais perguntas.

6

Durante todo aquele ano, os animais trabalharam como escravos. Ainda assim, estavam felizes com sua labuta; não economizavam esforços nem sacrifícios, plenamente cientes de que tudo o que faziam era em benefício próprio e de todos aqueles de sua raça, que viriam depois, e não por um bando de humanos ociosos e ladrões.

Ao longo da primavera e do verão, trabalharam sessenta horas por semana, e, em agosto, Napoleão anunciou que trabalhariam nas tardes de domingo também. Isso seria estritamente voluntário, mas qualquer animal que se ausentasse teria sua ração reduzida pela metade. Mesmo com todo o empenho, certas tarefas ficaram para depois. A colheita foi um pouco menos abundante que a do ano anterior, e dois campos que deveriam ter sido semeados no início do verão não o foram, porque os bichos não conseguiram arar a terra com a antecedência necessária. Era possível prever que o inverno que vinha pela frente seria difícil.

O moinho apresentou dificuldades inesperadas. Havia uma boa pedreira de calcário na granja e bastante areia e cimento em um dos depósitos, ou seja, todos os materiais para a construção estavam disponíveis. De início, os animais não viam como quebrar as pedras para que ficassem de um tamanho adequado. Parecia não haver jeito de fazer aquilo sem picaretas e barras de ferro, que nenhum animal conseguia usar, porque não podiam se equilibrar sobre as pernas traseiras. Foi só depois de semanas de esforços em vão que a resposta ocorreu a alguém, isto é, usar a força da gravidade. Enormes rochas, grandes demais para serem usadas daquela forma, jaziam por todo o leito da pedreira. Os animais amarraram cordas ao redor delas e, então, todos juntos, vacas, cavalos, ovelhas, qualquer um que conseguisse agarrar a corda — até os porcos se juntaram aos esforços, em momentos críticos —, arrastaram-nas, com uma lentidão desesperadora, ladeira acima, até o topo da pedreira, de onde as jogaram pela beirada, para que se quebrassem em pedaços lá embaixo. Transportar as pedras depois de quebradas era comparativamente simples. Os cavalos carregavam-nas em carroças, as ovelhas arrastavam blocos separados, até mesmo Maricota e Benjamim atrelaram-se a uma velha charrete e fizeram sua parte. Ao final do verão, um estoque suficiente de pedras fora acumulado, e começou-se a construção, sob a superintendência dos porcos.

O processo era lento e laborioso. Frequentemente se levava um dia inteiro de esforços exaustivos para arrastar uma única rocha até o topo da pedreira, e, às vezes, quando era empurrada pela beirada, não se partia. Nada poderia ter sido feito sem Sansão, cuja força parecia equivalente à de todos os outros animais juntos. Quando a rocha começava a escorregar, e os animais gritavam de desespero ao ver que eram arrastados ladeira abaixo, era sempre Sansão que fazia força para puxar a corda e parar o avanço da rocha. Vê-lo labutar ladeira acima, centímetro a centímetro, respirando rápido, com as pontas dos cascos enterrando-se no chão e seu pelo molhado de suor, enchia todos de admiração. Quitéria, às vezes, lhe pedia que tomasse cuidado para não se esforçar demais, mas Sansão nunca dava ouvidos a ela. Seus dois lemas, "Trabalharei com mais afinco" e "Napoleão está sempre certo", pareciam a ele respostas suficientes para todos os problemas. Fizera um acordo com o galo, para que lhe chamasse todas as manhãs quarenta e cinco minutos mais cedo, em vez de meia hora. E, em seus momentos de folga, que não eram muitos ultimamente, ia sozinho até a pedreira, pegava uma carga de pedras quebradas e arrastava-a para o local onde estava sendo construído o moinho, sem ajuda.

Os animais não passaram um verão muito ruim, a despeito do trabalho duro. Se não dispunham de mais comida do que tinham na época de Jones, também não tinham menos. A vantagem de precisar apenas alimentar a si mesmos, sem sustentar cinco humanos extravagantes, era tão grande que os muitos fracassos ainda assim a compensavam. E, de várias maneiras, o método animal de fazer as coisas era mais eficiente, além de economizar trabalho. Tarefas como tirar ervas daninhas, por exemplo, podiam ser realizadas com uma eficácia impossível para um ser humano. Visto que nenhum animal roubava, não era necessário construir cercas ao redor dos pastos, dividindo-os das terras aráveis, o que poupava muito trabalho com a manutenção de cercas vivas e portões. À medida que o verão passava, uma escassez imprevista começou a ser sentida. Havia necessidade de parafina, pregos, barbantes, biscoitos de cachorro e ferro para as ferraduras dos cavalos, nada disso podia ser produzido na granja. Depois os animais precisariam de sementes e esterco artificial, além de várias ferramentas, e, finalmente, o maquinário para o moinho. Como conseguiriam tudo aquilo, ninguém poderia imaginar.

Numa manhã de domingo, quando os bichos se reuniram para receber suas ordens, Napoleão anunciou que definira uma nova política. Dali em diante, a Granja dos Bichos faria comércio com as fazendas vizinhas; não, é claro, para qualquer fim comercial, e sim para obter certos materiais urgentemente necessários. As demandas do moinho precisavam ser priorizadas acima de qualquer outra coisa, disse ele. Havia, portanto, um acordo para vender um monte de feno e parte da colheita de trigo daquele ano, e, depois, se os animais precisassem de mais dinheiro, teriam que consegui-lo vendendo ovos, para os quais sempre havia mercado em Willingdon. As galinhas, disse Napoleão, deveriam aceitar de bom grado aquele sacrifício, como contribuição especial para a construção do moinho.

Novamente, os animais tomaram ciência de uma vaga inquietude. Nunca negociar com seres humanos, nunca fazer comércio, nunca usar dinheiro — não eram essas as primeiras deliberações aprovadas naquela primeira assembleia triunfante, após Jones ser expulso? Todos os animais lembravam-se de terem aprovado tais deliberações; ou, pelo menos, achavam que se lembravam. Os quatro jovens porcos que haviam protestado quando Napoleão abolira as assembleias ergueram a voz timidamente, mas foram silenciados de imediato por um tremendo rosnado dos cachorros. Então, como de costume, as ovelhas irromperam em uma cantilena de "quatro pernas: bom, duas pernas: mau!", e o embaraço momentâneo foi superado. Finalmente, Napoleão ergueu uma pata, pedindo silêncio, e anunciou que já fizera todos os arranjos. Não seria necessário que nenhum animal entrasse em contato com seres humanos, o que era, claramente, mais do que desaconselhável. Pretendia tomar todo o fardo para si. Um tal de Sr. Whymper, advogado que morava em Willingdon, concordara em atuar como intermediário entre a Granja dos Bichos e o mundo externo, e visitaria a granja todas as segundas-feiras pela manhã para receber instruções. Napoleão terminou seu discurso com a exclamação de costume: "Vida longa à Granja dos Bichos!", e, após a cantoria de "Bichos da Inglaterra", foram todos dispensados.

Depois disso, Garganta circulou pela granja para tranquilizar os animais. Assegurou-lhes que a deliberação contra fazer negócios e usar dinheiro nunca havia sido aprovada, nem mesmo sugerida. Era pura imaginação, provavelmente em decorrência de mentiras contadas por Bola de Neve. Uns poucos animais ainda sentiam uma pontinha de dúvida, mas Garganta perguntou-lhes, astutamente:

— Estão certos de que não foi algo que sonharam, camaradas? Têm algum registro dessa deliberação? Está anotada em algum lugar? — E, visto que era verdade que nada do tipo existia por escrito, os animais ficaram convencidos de que haviam cometido algum engano.

Todas as segundas-feiras, o Sr. Whymper visitava a granja, seguindo o acordo feito. Era um homenzinho de aparência sorrateira, com costeletas, um advogado que conduzia negócios de pouca importância, mas com a mente afiada o suficiente para perceber, antes de qualquer outra pessoa, que a Granja dos Bichos precisaria de um intermediário e que as comissões valeriam a pena. Os animais observavam-no entrar e sair com um tipo de medo e evitavam-no o máximo que podiam. Contudo, a cena de Napoleão, apoiado em suas quatro patas, dando ordens a Whymper, sobre suas duas pernas, enchia-os de orgulho e fazia com que aceitassem, em parte, o novo arranjo. Suas relações com a raça humana não eram mais exatamente como foram outrora. Os seres humanos não odiavam menos a Granja dos Bichos, agora que estava prosperando; na verdade, odiavam-na mais do que nunca. Todo ser humano acreditava piamente que a granja iria à falência, mais cedo ou mais tarde, e que, acima de tudo, o moinho seria um fracasso. Reuniam-se em bares e provavam uns para os outros, com diagramas, que o moinho com certeza ruiria, ou que, se ficasse de pé, nunca funcionaria. Mesmo assim, contra sua vontade, haviam desenvolvido certo respeito pela eficiência com a qual os animais conduziam os próprios negócios. Sintoma disso era que haviam começado a chamar a Granja dos Bichos por seu nome apropriado e deixado de fingir que ainda se chamava Granja do Solar. Também haviam parado de apoiar Jones, que desistira de reaver sua fazenda e fora morar em outra parte do país. Exceto através de Whymper, não havia, ainda, nenhum contato entre a Granja dos Bichos e o mundo externo, mas circulavam rumores constantes de que Napoleão estava prestes a celebrar um acordo de negócios definitivo com o Sr. Pilkington, da Granja Foxwood, ou com o Sr. Frederick, da Granja Pinchfield — mas nunca com os dois simultaneamente.

Foi naquela época que os porcos se mudaram, de repente, para a casa da fazenda e lá estabeleceram sua residência. Novamente, os animais pareciam lembrar-se de uma deliberação contra isso aprovada nos primeiros dias, mas Garganta conseguiu convencê-los, de novo, de que não era o caso. Era absolutamente necessário, disse ele, que os porcos, o cérebro da granja, tivessem um local silencioso onde trabalhar. Também combinava mais com a dignidade do Líder (começara recentemente a referir-se a Napoleão pelo título de "Líder") morar em uma casa do que em um mero chiqueiro. Contudo, alguns animais ficaram consternados ao saber que os porcos não só comiam na cozinha e usavam a sala para recreação, mas também dormiam nas camas. Sansão desconsiderou a notícia, como de costume, com "Napoleão está sempre certo", mas Quitéria, que achava que se lembrava de uma regra definitiva contra camas, foi até o fundo do celeiro e tentou decifrar os Sete Mandamentos, que ali estavam escritos. Ao perceber que não conseguia ler mais do que letras soltas, foi chamar Maricota.

— Maricota — disse ela —, leia para mim o Quarto Mandamento. Não diz alguma coisa sobre nunca dormir numa cama?

Com um pouco de dificuldade, Maricota soletrou.

— Diz: "Nenhum animal deverá dormir em uma cama com lençóis" — anunciou, finalmente.

Curiosamente, Quitéria não se lembrava de que o Quarto Mandamento mencionava lençóis; mas, já que estava escrito na parede, deveria ser assim. E Garganta, que calhava de estar passando naquele momento, acompanhado por uns três ou quatro cachorros, conseguiu colocar o assunto sob a perspectiva adequada.

— Então quer dizer que ouviram falar, camaradas — disse ele —, que nós, porcos, agora dormimos nas camas da casa da fazenda? E por que não? Não imaginam, é claro, que alguma vez tenha existido uma regra contra camas? Uma cama significa apenas um lugar onde dormir. Uma pilha de feno em uma baia é uma cama, estritamente falando. A regra era contra lençóis, que são uma invenção humana. Removemos os lençóis das camas da casa e dormimos entre cobertores. E são camas muito confortáveis, ainda por cima! Mas não mais confortáveis do que o necessário, posso assegurar, camaradas, com todo o trabalho mental que temos que fazer, hoje em dia. Não nos impediriam de repousar, não é, camaradas? Não querem que fiquemos cansados demais para cumprir nossos deveres? Nenhum de vocês quer Jones de volta, certo?

Os animais o tranquilizaram a respeito dessa questão imediatamente, e nada mais foi dito sobre os porcos dormirem nas camas da casa. E, quando, alguns dias depois, se anunciou que, dali em diante, os porcos acordariam uma hora mais tarde que os outros animais, nenhuma reclamação foi feita.

Na chegada do outono, os bichos estavam cansados, porém felizes. Haviam tido um ano difícil, e, após a venda de uma parte do feno e do milho, a reserva de comida para o inverno não era muita, mas o moinho compensava tudo. Quase metade já fora construída. Depois da colheita, houve uma época de tempo límpido e seco, e os animais trabalharam mais do que nunca, achando que valeria a pena arrastar blocos de pedra de um lado para outro, se pudessem aumentar as paredes em mais trinta centímetros. Sansão trabalhava até mesmo durante a noite, sozinho, à luz da lua. Em seus momentos livres, os animais andavam em círculos, ao redor do moinho inacabado, admirando a força e perpendicularidade de suas paredes, surpresos com o fato de terem conseguido construir algo tão imponente. Só o velho Benjamim se recusava a nutrir algum entusiasmo pelo moinho, apesar de, como sempre, não dizer nada além de sua observação misteriosa, de que burros têm vida longa.

Chegou novembro, com fortes rajadas de vento do sudoeste. A construção teve que ser paralisada, pois o tempo estava úmido demais para misturar o cimento. Finalmente, houve uma noite em que a ventania estava tão violenta que os prédios da granja tremiam sobre suas fundações, e várias telhas foram arrancadas do telhado do celeiro. As galinhas acordaram cacarejando de terror, porque todas haviam sonhado, ao mesmo tempo, que ouviram uma arma ser disparada a distância. Pela manhã, os animais saíram de suas baias e descobriram que o mastro fora derrubado e um olmo no fundo do pomar fora arrancado como um rabanete. Haviam acabado de reparar naquilo, quando um grito de desespero irrompeu da garganta de todos eles. Encaravam uma cena terrível. O moinho estava em ruínas.

Em seguida, correram para lá. Napoleão, que raramente andava rápido, ultrapassou-os todos. Sim, lá estava ele, o fruto de todos os seus esforços, derrubado até suas fundações, com as pedras que havia partido e transportado, com tanto afinco, espalhadas por todos os cantos. De início incapazes de falar, ficaram ali parados, olhando com tristeza os detritos das pedras caídas. Napoleão andava de um lado para outro, em silêncio, ocasionalmente cheirando o solo. Sua cauda ficara rígida e tremia bruscamente, um sinal de que estava em intensa atividade mental. Repentinamente, parou, como se houvesse tomado uma decisão.

— Camaradas — disse, em voz baixa —, sabem quem é o responsável por isso? Sabem quem é o inimigo que veio durante a noite destruir nosso moinho de vento? BOLA DE NEVE! — rugiu de repente, com uma voz de trovão. — Foi Bola de Neve quem fez isso! Por pura malícia, pretendendo atrasar nossos planos e vingar-se de sua expulsão ignominiosa, aquele traidor entrou aqui de fininho, sob a proteção da noite, e destruiu nosso trabalho de quase um ano. Camaradas, aqui e agora, pronuncio a sentença de morte para Bola de Neve. "Herói Animal, Segunda Classe" e meia cesta de maçãs para qualquer um que fizer justiça. Uma cesta inteira para quem o capturar vivo!

Os animais ficaram completamente atônitos ao descobrir que mesmo Bola de Neve seria capaz de cometer tal ato. Houve uma exclamação de indignação, e todos começaram a pensar em meios de capturar Bola de Neve, se um dia ele voltasse. Quase imediatamente, as pegadas de um porco foram descobertas na grama, a pouca distância da pequena colina. Só conseguiram acompanhá-las por alguns metros, elas pareciam levar a um buraco na cerca viva. Napoleão cheirou-as com atenção e pronunciou que eram de Bola de Neve. Na sua opinião, Bola de Neve provavelmente viera da direção da Granja Foxwood.

— Sem mais atrasos, camaradas! — exclamou ele, quando as pegadas já haviam sido examinadas. — Temos trabalho a fazer. Nesta mesma manhã, começaremos a reconstruir o moinho e continuaremos o inverno todo, faça chuva, ou faça sol. Ensinaremos àquele traidor miserável que não conseguirá desfazer nosso trabalho tão facilmente. Lembrem-se, camaradas, não pode haver alteração em nossos planos: serão cumpridos até o fim. Avante, camaradas! Vida longa ao moinho! Vida longa à Granja dos Bichos!

7

O inverno foi rigoroso. Às tempestades seguiram-se granizo e neve, dando lugar a uma geada intensa, que não cedeu até a metade de fevereiro. Os animais prosseguiram como podiam, com a reconstrução do moinho, cientes de que o mundo lá fora os estava observando e que os humanos invejosos celebrariam e se gabariam se o moinho não ficasse pronto a tempo.

Por inveja, os humanos fingiam não acreditar que fora Bola de Neve que destruíra o moinho: diziam que ruíra porque as paredes eram finas demais. Os animais sabiam que não era verdade. Ainda assim, fora decidido que construiriam paredes com noventa centímetros de espessura, desta vez, e não com quarenta e cinco, como antes, o que significava juntar quantidades muito maiores de pedra. Por muito tempo, a pedreira esteve cheia de neve, e nada pôde ser feito. Algum progresso fora alcançado durante a época seca e gélida que se seguiu, mas o trabalho era cruel, e os animais não sentiam tanta esperança quanto antes. Estavam constantemente com frio e geralmente com fome também. Só Sansão e Quitéria jamais perderam as esperanças. Garganta fazia discursos excelentes sobre as alegrias de servir ao próximo e a dignidade que o trabalho traz, mas os animais sentiam mais inspiração ao ver a força de Sansão e sua declaração infalível de "trabalharei com mais afinco!".

Em janeiro, a comida não foi suficiente. A ração de milho foi drasticamente reduzida, e anunciou-se que uma ração adicional de batata seria distribuída para compensar. Então, descobriu-se que a maior parte da colheita de batatas congelara nas pilhas, que não haviam sido cobertas com uma camada grossa o bastante. As batatas haviam amolecido e perdido a cor, só algumas estavam comestíveis. Por dias, os animais não tiveram nada para comer além de palha e beterraba. A inanição parecia ser algo que teriam que encarar.

Era crucial esconder aquele fato do mundo exterior. Animados com o colapso do moinho, os humanos estavam inventando novas mentiras sobre a Granja dos Bichos. Começaram a espalhar novamente que todos os animais estavam morrendo de fome e doentes, e que brigavam entre si o tempo todo, tendo recorrido ao canibalismo e ao infanticídio. Napoleão estava bem ciente dos resultados negativos que adviriam se a verdade sobre a situação da comida fosse descoberta e decidira usar o Sr. Whymper para propagar uma impressão contrária. Até então, os animais haviam tido pouco ou nenhum contato com Whymper em suas visitas semanais; agora, contudo, alguns animais escolhidos a dedo, ovelhas, em sua maioria, foram instruídos a comentar casualmente, quando ele pudesse ouvir, que as rações haviam sido aumentadas. Além disso, Napoleão ordenou que os cestos quase vazios no armazém fossem enchidos até a boca com areia, que seria coberta com o que sobrara dos grãos e das farinhas. Sob algum pretexto apropriado, Whymper foi levado para uma volta pelo armazém, para que avistasse as cestas. Foi enganado e continuou a relatar, ao mundo lá fora, que não havia escassez de alimentos na Granja dos Bichos.

Entretanto, mais para o fim de janeiro, tornou-se óbvio que seria necessário obter mais grãos de algum outro lugar. Naqueles dias, Napoleão raramente aparecia em público e passava todo o tempo na casa da fazenda, que era protegida em todas as portas por cães de aparência feroz. Nas poucas vezes que emergia, era de forma cerimonial, com uma escolta de seis cães que o circundavam bem de perto e rosnavam se alguém se aproximasse demais. Ultimamente, não aparecia nem mesmo nas manhãs de domingo e emitia suas ordens através de um dos porcos, Garganta, em geral.

Numa manhã de domingo, Garganta anunciou que as galinhas, que haviam acabado de começar a pôr ovos novamente, teriam que entregá-los. Napoleão aceitara, através de Whymper, um contrato de quatrocentos ovos por semana. O preço deles seria suficiente para comprar grãos e farinha para manter a fazenda funcionando, até que o verão chegasse e as condições melhorassem.

Quando as galinhas ouviram aquilo, fizeram uma algazarra terrível. Haviam sido avisadas de antemão que aquele sacrifício seria necessário, mas não acreditavam que realmente aconteceria. Haviam acabado de preparar as ninhadas para chocar durante a primavera e protestaram declarando que levar seus ovos, naquele momento, seria assassinato. Pela primeira vez desde a expulsão de Jones, houve algo que se parecia com uma rebelião. Lideradas por três jovens da raça minorca, as galinhas envidaram-se para se opor aos desejos de Napoleão. Seu método era voar até as vigas e lá pôr os ovos, que se despedaçavam no chão. Napoleão agiu rápida e inclementemente. Ordenou que as rações das galinhas fossem interrompidas e decretou que qualquer animal que desse a elas um único grão de milho fosse punido com a morte. Os cães encarregaram-se de fazer com que essas ordens fossem cumpridas. As galinhas resistiram por cinco dias, mas então capitularam e voltaram para seus ninhos. Nove galinhas morreram nesse episódio. Foram enterradas no pomar, e uma declaração de que haviam morrido de coccidiose foi emitida. Whymper não ficou sabendo nada sobre aquilo, e os ovos foram entregues como planejado, com a carroça de uma vendinha que ele conduzia até a granja, uma vez por semana, para levá-los embora.

Durante todo aquele tempo, não havia mais sinal de Bola de Neve, apenas rumores de que estava escondido em uma das fazendas vizinhas, Foxwood ou Pinchfield. Napoleão, a essa altura, tinha um relacionamento ligeiramente melhor com os outros fazendeiros do que antes. Por sorte, havia no pátio uma pilha de toras de madeira, colocadas ali dez anos atrás, quando um pequeno bosque de faias fora derrubado. Envelheceram bem, e Whymper aconselhara Napoleão a vendê-las; o Sr. Pilkington e o Sr. Frederick estavam ambos ansiosos para comprá-las. Napoleão hesitava entre os dois, sem conseguir se decidir. Todos repararam que, sempre que ele parecia prestes a chegar a um acordo com Frederick, surgia a declaração de que Bola de Neve estava escondido em Foxwood, e quando pendia para o lado de Pilkington, diziam que Bola de Neve estava em Pinchfield.

De repente, no início da primavera, uma descoberta alarmante foi feita. Bola de Neve estava frequentando a granja em segredo, à noite! Os animais ficaram tão chocados que mal conseguiam dormir em suas baias. Todas as noites, contavam, ele entrava de fininho, sob a proteção do escuro, e fazia todo tipo de diabrura. Roubava o milho, derrubava as latas de leite, quebrava os ovos, pisoteava os canteiros semeados, roía as cascas das árvores frutíferas. Criou-se o costume de atribuir tudo o que dava errado a Bola de Neve. Se uma janela quebrava ou um ralo entupia, alguém com certeza diria que Bola de Neve entrara à noite e fizera aquilo; e, quando a chave do barracão sumiu, a granja inteira ficou convencida de que Bola de Neve a jogara no poço. Curiosamente, continuaram acreditando naquilo até mesmo quando a chave desaparecida foi encontrada debaixo de um saco de cereais. As vacas declararam, unânimes, que Bola de Neve entrara de fininho em suas baias e as ordenhara enquanto dormiam. Os ratos, que haviam dado trabalho durante aquele inverno, também foram considerados aliados de Bola de Neve.

Napoleão decretou que uma investigação minuciosa deveria ser feita em relação às atividades de Bola de Neve. Acompanhado por seus cães, partiu em uma ronda cuidadosa, para inspecionar as edificações da granja, com os outros animais seguindo-os a uma distância respeitosa. Sempre que dava alguns passos, Napoleão parava e fungava o chão à procura de traços dos passos de Bola de Neve, que ele alegava conseguir detectar pelo cheiro. Fungou todos os cantos, no celeiro, no curral das vacas, nos galinheiros, na plantação de legumes, e encontrou traços de Bola de Neve em quase todos os lugares. Encostava o focinho no chão, cheirava profundamente várias vezes e exclamava, em um tom de voz terrível:

— Bola de Neve! Esteve aqui! Sinto seu cheiro perfeitamente!

Ao ouvirem o nome "Bola de Neve", todos os cachorros soltavam rosnados de gelar o sangue e arreganhavam os dentes.

Os animais ficaram aterrorizados. Parecia-lhes que Bola de Neve era algum tipo de influência invisível, que permeava o ar ao seu redor e ameaçava-lhes com todo tipo de perigo. Naquela noite, Garganta convocou-os todos e, com uma expressão alarmada, disse que tinha uma notícia séria para relatar.

— Camaradas! — exclamou, dando pulinhos nervosos. — Algo terrível foi descoberto. Bola de Neve vendeu-se para Frederick, da Granja Pinchfield, que está, neste exato instante, planejando nos atacar e tirar esta granja de nós! Bola de Neve atuará como seu guia quando o ataque começar. Mas há algo ainda pior. Pensávamos que a rebelião de Bola de Neve fora causada apenas por sua vaidade e ambição, mas estávamos enganados, camaradas. Sabem qual foi o verdadeiro motivo? Bola de Neve estava mancomunado com Jones desde o início! Era agente secreto de Jones o tempo todo. Tudo isso ficou provado por documentos que deixou para trás e que acabamos de descobrir. Na minha opinião, isso explica muita coisa, camaradas. Não vimos com nossos próprios olhos como ele tentou — sem sucesso, felizmente — fazer com que fôssemos derrotados e destruídos na Batalha do Curral?

Os animais ficaram estupefatos. Aquilo era uma maldade que superava e muito a destruição do moinho por Bola de Neve. Passaram-se alguns minutos antes que conseguissem absorver a notícia. Todos eles se lembravam, ou achavam que se lembravam, de ter visto Bola de Neve correndo à frente de todos na Batalha do Curral, comandando e encorajando os animais o tempo todo, lembravam-se de como ele não hesitara, nem por um instante, quando a bala da arma de Jones machucara suas costas. De início, foi um pouco difícil entender como tudo aquilo se encaixava no fato de ele estar do lado de

Jones. Até mesmo Sansão, que raramente fazia perguntas, estava confuso. Deitou-se, enfiou os cascos dianteiros debaixo de si, fechou os olhos e, com muito esforço, conseguiu formular seus pensamentos.

— Não acredito nisso — disse. — Bola de Neve lutou bravamente na Batalha do Curral. Eu mesmo o vi. Não foi concedida a ele a condecoração de "Herói Animal, Primeira Classe" assim que tudo acabou?

— Esse foi o nosso erro, camarada. Está tudo escrito nos documentos secretos que encontramos. Agora sabemos que, na verdade, ele estava tentando atrair-nos para a morte.

— Mas ele estava machucado — disse Sansão. — Todos nós o vimos correndo enquanto sangrava.

— Fazia parte do acordo! — gritou Garganta. — O tiro de Jones só passou de raspão. Eu poderia mostrar a vocês nas próprias letras dele, se conseguissem ler. O plano era que Bola de Neve, no momento certo, desse o sinal de fuga e deixasse o campo para o inimigo. E ele quase conseguiu; até mesmo digo, camaradas, que *teria* conseguido se não fosse por nosso heroico Líder, Camarada Napoleão. Não se lembram que, logo que Jones e seus homens entraram no pátio, Bola de Neve se virou de repente e fugiu, e muitos animais o seguiram? E não se lembram, também, que foi bem naquele instante, quando o pânico se espalhava e tudo parecia perdido, que o Camarada Napoleão fez uma investida rápida, com um grito de "Morte à Humanidade!", e enterrou os dentes na perna de Jones? Certamente se lembram *disso*, camaradas!

Garganta pulava de um lado para outro. Agora que ele descrevera a cena com tantos detalhes, os animais estavam com a impressão de que se lembravam. De qualquer forma, lembravam-se de, naquele momento crítico da batalha, Bola de Neve ter dado as costas para fugir. Ainda assim, Sansão continuava um pouco inquieto.

— Não acredito que Bola de Neve tenha sido um traidor desde o começo — disse ele, finalmente. — O que ele fez de lá para cá é outra coisa, mas acredito que, na Batalha do Curral, ele foi um bom camarada.

— Nosso Líder, Camarada Napoleão — anunciou Garganta, falando lenta e firmemente —, declarou categoricamente... categoricamente, camarada... que Bola de Neve foi agente de Jones desde o início, sim, muito antes de sonharmos com a Rebelião.

— Ah, então é diferente! — disse Sansão. — Se é o Camarada Napoleão que está dizendo, deve ser verdade.

— Esse é o verdadeiro espírito, camarada! — disse Garganta.

Todos repararam que ele lançou um olhar feio para Sansão, com seus olhinhos brilhantes. Virou-se para ir embora, mas parou e acrescentou, em um tom impressionante:

— Animais desta granja, advirto, mantenham os olhos bem abertos. Temos motivos para pensar que alguns dos agentes secretos de Bola de Neve estão escondidos em nosso meio neste exato instante!

Quatro dias depois, no fim da tarde, Napoleão ordenara a todos os animais que se reunissem no pátio. Quando estavam todos lá, Napoleão emergiu da casa da fazenda, usando suas duas medalhas (pois concedera a si mesmo, recentemente, "Herói Animal, Primeira Classe" e "Herói Animal, Segunda Classe"), com seus nove cães enormes circundando-o e dando rosnados que deixavam os animais arrepiados. Todos eles se encolheram em seus lugares, parecendo saber, de antemão, que algo terrível estava prestes a acontecer.

Napoleão parou, perscrutando seu público com uma expressão severa; soltou, então, um ganido agudo. Imediatamente, os cães lançaram-se para a frente, agarraram quatro porcos pelas orelhas e os arrastaram, enquanto gemiam de dor e medo, aos pés de Napoleão. As orelhas dos porcos estavam sangrando, os cães haviam sentido o gosto de sangue e, por alguns momentos, ficaram loucos. Para surpresa dos bichos, três deles pularam em cima de Sansão. Sansão percebeu o que aconteceria e esticou sua enorme perna, atingiu um cão em pleno ar e prendeu-o no chão. O cão pediu clemência, e os outros dois fugiram com o rabo entre as pernas. Sansão olhou para Napoleão, para saber se deveria esmagar o cão até a morte ou deixá-lo ir. A expressão de Napoleão mudou, e ele ordenou, rispidamente, que Sansão deixasse o cão ir embora, ao que Sansão ergueu o casco e o cão saiu de fininho, machucado e uivando.

Depois disso, o tumulto cessou. Os quatro porcos aguardavam, tremendo, com uma expressão de culpa em cada centímetro de seus semblantes. Napoleão chamou-os, então, para que confessassem seus crimes. Eram os quatro porcos que haviam protestado quando Napoleão abolira as assembleias dominicais. Sem que precisassem ser instados, confessaram que haviam estado em contato secretamente com Bola de Neve desde sua expulsão, colaborado com ele para destruir o moinho e também entrado em um acordo com ele, para dar a Granja dos Bichos ao Sr. Frederick. Acrescentaram que Bola de Neve admitira, particularmente, para eles que fora um agente secreto de Jones durante anos. Quando os porcos terminaram a confissão, os cães imediatamente os estraçalharam pelo pescoço, e, em um tom de voz horrível, Napoleão perguntou se algum outro animal tinha algo a confessar.

As três galinhas que haviam sido as líderes da tentativa de rebelião pelos ovos deram um passo à frente e declararam que Bola de Neve havia aparecido para elas em sonho, e as incitara a desobedecer as ordens de Napoleão. Elas também foram abatidas. Em seguida, um ganso apresentou-se e confessou ter escondido seis espigas de milho durante a colheita do ano passado e tê-las comido durante a noite. Depois, uma ovelha confessou ter urinado no bebedouro — tendo feito isso, de acordo com ela, por influência de Bola de Neve — e duas outras ovelhas confessaram ter assassinado um velho carneiro, seguidor particularmente dedicado de Napoleão, perseguindo-o ao redor de uma fogueira, repetidamente, quando ele sofria de tosse. Foram todos executados ali mesmo. Assim, a sequência de confissões e execuções prosseguiu, até que houvesse uma pilha de cadáveres aos pés de Napoleão e o ar ficasse pesado com o cheiro de sangue, que ninguém sentira desde a expulsão de Jones.

Após tudo ter acabado, os animais restantes, exceto os porcos e os cães, saíram lentamente, todos juntos. Estavam abalados e deprimidos. Não sabiam o que era mais chocante: a traição dos animais que haviam se juntado a Bola de Neve ou a cruel retaliação que tinham acabado de testemunhar. Antigamente, costumava haver várias cenas de derramamento de sangue, igualmente terríveis, mas todos achavam que era muito pior agora, porque acontecia entre eles mesmos. Desde que Jones partira até aquele dia, nenhum animal matara outro animal. Nem mesmo um rato tinha sido morto. Foram todos para a pequena colina onde ficava o moinho inacabado e, ao mesmo tempo, deitaram-se juntos, como se buscassem o calor do corpo uns dos outros — Quitéria, Maricota, Benjamim, as vacas, as ovelhas, e o bando de gansos e galinhas — basicamente todos, menos a gata, que desaparecera logo antes de Napoleão ter ordenado a todos que se reunissem. Por algum tempo, ninguém falou nada. Só Sansão ficou em pé. Agitava-se de um lado para outro, balançando sua longa cauda preta e soltando um relincho de surpresa de vez em quando. Finalmente, disse:

— Não entendo. Não teria acreditado que essas coisas poderiam acontecer em nossa granja. Deve ser por causa de alguma falha em nós mesmos. A solução, em minha opinião, é trabalhar com mais afinco. De agora em diante, acordarei uma hora mais cedo, todos os dias.

Saiu trotando pesadamente, como de costume, e foi em direção à pedreira. Ao chegar lá, coletou duas cargas seguidas de pedra e carregou-as até o moinho, antes de recolher-se para dormir.

Os animais aninharam-se em volta de Quitéria, sem falar nada. A pequena colina sobre a qual estavam permitia que enxergassem todos os campos ao redor. Podiam ver a maior parte da Granja dos Bichos — os longos pastos que se estendiam até a estrada principal, o campo de feno, o bosque, a lagoinha, os campos arados, onde o trigo jovem estava grosso e verde, e os telhados vermelhos dos prédios da granja, com a fumaça saindo das chaminés. Era uma tarde límpida de primavera. A grama e as cercas vivas verdejantes adquiriam bordas douradas com os raios do sol. Nunca antes a granja — e lembraram-se, com certa surpresa, que a granja pertencia a eles mesmos, cada centímetro dela era sua propriedade — parecera, aos animais, um lugar tão desejável. Enquanto Quitéria olhava para baixo, seus olhos se encheram de lágrimas. Se conseguisse colocar seus pensamentos em palavras, teria dito que não havia sido essa a intenção de todos, quando se empenharam, anos atrás, em derrubar a raça humana.

Aquelas cenas de terror e matança não eram o que os animais almejavam, naquela noite em que o velho Major os incitou a se rebelar, pela primeira vez. Se é que ela mesma tinha alguma visão do futuro, era de uma sociedade de animais libertos da fome e do chicote, todos iguais, cada um trabalhando de acordo com sua capacidade, os fortes protegendo os fracos, como ela protegera a ninhada de patinhos perdidos com a perna, na noite do discurso do Major.

Em vez disso — ela não sabia por que —, havia chegado uma época em que ninguém ousava dizer o que pensava, em que cães ferozes circulavam e rosnavam por todo canto e em que se tinha que testemunhar seus camaradas despedaçados após confessar crimes chocantes.

Nenhuma ideia de rebelião ou desobediência passava por sua cabeça. Ela sabia que, mesmo com as coisas como estavam, eles ainda se encontravam em uma situação melhor que a da época de Jones, e que, acima de tudo, era necessário impedir a volta dos seres humanos. O que quer que acontecesse, ela continuaria fiel, trabalharia duro, cumpriria as ordens que lhe fossem dadas e aceitaria a liderança de Napoleão. Ainda assim, não era por isso que ela e os outros animais haviam esperado e trabalhado. Não era para isso que haviam construído o moinho e enfrentado as balas da arma de Jones. Eram esses seus pensamentos, embora lhe faltassem palavras para expressá-los.

Finalmente, sentindo que seria, de alguma forma, um substituto para as palavras que não conseguia encontrar, começou a cantar "Bichos da Inglaterra". Os outros animais, sentados ao seu redor, juntaram-se ao coro, e todos cantaram juntos, três vezes — afinados, mas lenta e tristemente, de uma forma que jamais haviam cantado antes.

Haviam acabado de cantar pela terceira vez quando Garganta, escoltado por três cães, aproximou-se deles com um ar de quem tinha algo importante a dizer. Anunciou que, por decreto especial do Camarada Napoleão, a canção "Bichos da Inglaterra" havia sido abolida. Dali em diante, era proibido cantá-la.

Os animais foram pegos de surpresa.

— Por quê? — perguntou Maricota.

— Não é mais necessária, camarada — disse Garganta, bruscamente. — "Bichos da Inglaterra" era a canção da Rebelião. E a Rebelião já foi concluída. A execução dos traidores, nesta tarde, foi o ato final. Os inimigos externos e internos foram derrotados. Com "Bichos da Inglaterra", expressávamos nossa ânsia por uma sociedade melhor, no futuro, mas agora esta sociedade foi estabelecida. Claramente, a canção não tem mais serventia.

Apesar de assustados, alguns dos animais podiam ter protestado, se, naquele momento, as ovelhas não tivessem começado a balir "Quatro pernas: bom, duas pernas: mau", como de costume, por vários minutos, o que pôs fim à discussão.

Assim, "Bichos da Inglaterra" não foi mais ouvida. Em seu lugar, Mínimo, o poeta, compusera outra canção, que começava assim:

"Granja dos Bichos, nosso lar,
Jamais faremos algo para te prejudicar!"

Era cantada todos os domingos pela manhã, após o hasteamento da bandeira. No entanto, por algum motivo, nem a letra nem a melodia pareciam se igualar às de "Bichos da Inglaterra".

8

Alguns dias depois, quando o terror causado pelas execuções já havia diminuído, alguns dos animais lembraram-se — ou pensaram ter se lembrado — do Sexto Mandamento, que declarava que "nenhum animal deverá matar outro animal". E, ainda que ninguém ousasse mencionar isso onde os porcos ou os cães pudessem ouvir, sentiam que a matança que ocorrera não combinava com aquilo. Quitéria pediu a Benjamim que lesse para ela o Sexto Mandamento, mas ele, como sempre, recusou-se a envolver-se com tais assuntos, então ela chamou Maricota. Maricota leu o mandamento para ela. Dizia: "Nenhum animal deverá matar outro animal SEM MOTIVO". De alguma forma, as duas últimas palavras haviam escapado da memória dos animais, porém agora viam que o Mandamento não fora violado, pois claramente havia um bom motivo para matar os traidores mancomunados com Bola de Neve.

Durante o ano todo, os animais trabalharam ainda mais que no ano que se passara. Reconstruir o moinho, com paredes duas vezes mais grossas do que antes, e concluí-lo na data prevista, junto com as tarefas cotidianas da fazenda, exigia um esforço tremendo. Em certos momentos, os animais tinham a sensação de que trabalhavam mais e não se alimentavam melhor que na época de Jones. Nas manhãs de domingo, Garganta, segurando uma longa folha de papel na pata, lia para eles listas de números, provando que a produção de todo tipo de alimento havia aumentado duzentos por cento, trezentos por cento, ou quinhentos por cento, conforme o caso. Os animais não viam motivo para duvidar dele, especialmente porque não conseguiam se lembrar com muita clareza de como eram as condições antes da Rebelião. Mesmo assim, havia dias em que achavam que prefeririam menos números e mais comida.

Todas as ordens agora eram dadas através de Garganta ou um dos porcos. O próprio Napoleão não era visto em público mais do que uma vez a cada duas semanas. Quando aparecia, estava acompanhado não só por sua escolta de cães, como também por um galo preto que marchava à sua frente e atuava como um tipo de arauto, soltando um "cocoricó" bem alto antes de Napoleão falar. Dizia-se que até mesmo na casa da fazenda Napoleão habitava cômodos separados. Fazia as refeições sozinho, servido por dois cães, e sempre comia na baixela de porcelana que costumava ficar na cristaleira da sala. Também se anunciou que a arma seria disparada todos os anos, no aniversário de Napoleão, assim como nos outros dois aniversários.

Ninguém se referia mais a Napoleão simplesmente pelo nome. Era sempre chamado formalmente de "nosso Líder, Camarada Napoleão", e os porcos gostavam de inventar para ele títulos como Pai de Todos os Animais, Terror da Humanidade, Protetor do Rebanho de Ovelhas, Amigo dos Patinhos, e coisas do tipo. Em seus discursos, Garganta falava, com lágrimas escorrendo pelo rosto, sobre a sabedoria e a bondade de Napoleão e o profundo amor que nutria por todos os animais, de todos os cantos, até mesmo, e especialmente, os animais infelizes que ainda viviam na ignorância e escravizados em outras fazendas. Tornara-se comum dar crédito a Napoleão por todas as conquistas e qualquer golpe de sorte que acontecesse. Ouvia-se sempre uma galinha dizer a outra:

— Guiada por nosso Líder, Camarada Napoleão, botei cinco ovos em seis dias.

Ou duas vacas, bebendo água na lagoinha, exclamar:

— Graças à liderança do Camarada Napoleão, que gosto excelente tem esta água!

O sentimento que permeava a granja era bem expressado por um poema intitulado "Camarada Napoleão", composto por Mínimo, que dizia o seguinte:

"Amigo dos desamparados!
Fonte de felicidade!
Senhor do balde de lavagem! Ó, como minha alma arde
Ao me deparar
Com teu calmo e imperioso olhar,
Como o sol a brilhar,
Camarada Napoleão!
És a fonte
De tudo que as criaturas amam,
Barriga cheia duas vezes ao dia, feno limpo onde rolar;
Todo animal, de qualquer tamanho,
Dorme em paz em meio ao rebanho,
Protege-nos de qualquer estranho,

Camarada Napoleão!
Se um filhote eu tivesse,
Antes que ele crescesse,
Que o tamanho de uma garrafa ultrapassasse,
Muito bem aprendido teria
A ser fiel, leal a ti seria,
Sim, as primeiras palavras que guincharia
Seriam 'Camarada Napoleão!'"

Napoleão aprovou o poema e fez com que fosse escrito na parede do celeiro, do lado oposto ao dos Sete Mandamentos. Foi encimado por um retrato de Napoleão, de perfil, pintado por Garganta com tinta branca.

Enquanto isso, através de Whymper, Napoleão estava envolvido em negociações complicadas com Frederick e Pilkington. A pilha de toras de madeira ainda não fora vendida. Dos dois, era Frederick que estava mais ansioso para obtê-la, mas não oferecia um preço razoável. Ao mesmo tempo, ressurgiram rumores de que Frederick e seus homens estavam tramando para atacar a Granja dos Bichos e destruir o moinho, cuja construção despertara uma inveja furiosa nele. Dizia-se que Bola de Neve continuava escondido na Granja Pinchfield. No meio do verão, os animais ficaram alarmados ao ouvir que três galinhas haviam se apresentado e confessado que, inspiradas por Bola de Neve, tinham começado a planejar o assassinato de Napoleão. Foram executadas imediatamente, e novas precauções para a segurança de Napoleão foram tomadas. Quatro cachorros guardavam sua cama à noite, um em cada canto, e um jovem porco chamado Rosito recebeu a tarefa de provar a comida de Napoleão antes que ele mesmo comesse, para o caso de estar envenenada.

Mais ou menos na mesma época, espalhou-se a notícia de que Napoleão acertara a venda da pilha de madeira para o Sr. Pilkington; também ia entrar em um acordo regular para a troca de certos produtos entre a Granja dos Bichos e a Granja Foxwood. As relações entre Napoleão e Pilkington, apesar de serem conduzidas apenas através de Whymper, já eram quase amigáveis. Os animais desconfiavam de Pilkington, por ser um humano, mas preferiam-no a Frederick, que temiam e odiavam. À medida que o verão passava, e a conclusão do moinho ficava cada vez mais próxima, os rumores de um ataque traiçoeiro iminente ganhavam força a cada dia. Dizia-se que Frederick pretendia trazer para atacá-los vinte homens, todos armados, e já havia subornado os juízes e a polícia, de modo que, se conseguisse pôr as mãos na escritura da Granja dos Bichos, ninguém faria perguntas. Ademais, histórias terríveis vazavam de Pinchfield, sobre as crueldades que Frederick cometia com seus animais. Açoitara um cavalo velho até a morte, fazia com que as vacas passassem fome, matara um cachorro jogando-o na fornalha, divertia-se à noite colocando galos para brigar, com pedaços de navalha amarrados a suas esporas. O sangue dos animais fervia de ódio ao ouvir as coisas que eram feitas com seus camaradas, e às vezes clamavam por permissão para sair em grupo e atacar a Granja Pinchfield, expulsar os humanos e libertar os animais. Entretanto, Garganta aconselhava-os a evitar atos impensados e confiar na estratégia do Camarada Napoleão.

Ainda assim, a aversão a Frederick era generalizada. Numa manhã de domingo, Napoleão apareceu no celeiro e explicou que jamais contemplara vender a pilha de madeira para Frederick; considerava indigno de si, disse ele, negociar com cafajestes daquele tipo. Os pombos que ainda eram enviados para espalhar notícias da Rebelião eram proibidos de pisar em qualquer parte de Foxwood e também tinham recebido ordens para substituir seu lema, "Morte à Humanidade", por "Morte a Frederick". No final do verão, mais uma trama de Bola de Neve foi desmascarada. A plantação de trigo estava cheia de ervas daninhas, e descobriu-se que, em uma de suas visitas noturnas, Bola de Neve misturara sementes de ervas com as sementes de trigo. Um ganso que se envolvera na trama confessou sua culpa para Garganta, e imediatamente cometeu suicídio, engolindo frutinhas de erva-moura. Os animais também ficaram sabendo que Bola de Neve, ao contrário do que muitos deles acreditavam, jamais recebera a condecoração de "Herói Animal, Primeira Classe". Era apenas uma lenda que fora espalhada algum tempo depois da Batalha do Curral, pelo próprio Bola de Neve. No lugar de ser condecorado, fora repreendido por demonstrar covardia em batalha. Novamente, alguns dos animais ouviram aquilo com certa confusão, mas Garganta logo conseguiu convencê-los de que suas lembranças estavam erradas.

No outono, com um esforço tremendo e exaustivo — pois a colheita teve que ser feita quase ao mesmo tempo —, o moinho foi terminado. O maquinário precisava ser instalado, e Whymper estava negociando a sua compra, uma vez que a estrutura estava concluída. Na cara da adversidade, apesar da inexperiência, de ferramentas primitivas, do azar e da traição de Bola de Neve, o trabalho fora terminado pontualmente, no dia exato! Cansados, porém orgulhosos, os animais deram voltas e mais voltas ao redor de sua obra-prima, que parecia ainda mais bela a seus olhos do que quando fora construída pela primeira vez. Ademais, as paredes eram duas vezes mais grossas do que antes. Nada além de explosivos conseguiria demoli-la desta vez! E, ao pensar sobre como haviam labutado, os obstáculos que haviam superado e a enorme diferença que faria em suas vidas, quando as pás estivessem girando e os dínamos funcionando... ao pensar sobre tudo aquilo, o cansaço deixou seus corpos, e todos saltitaram ao redor do moinho, de novo e de novo, dando gritos de triunfo. O próprio Napoleão, acompanhado por seus cães e seu galo, desceu para inspecionar o trabalho concluído; parabenizou pessoalmente os animais pela conquista e anunciou que o moinho seria chamado de Moinho Napoleão.

Dois dias depois, os animais foram convocados para uma reunião especial no celeiro. Ficaram atônitos e surpresos quando Napoleão anunciou que vendera a pilha de madeira para Frederick. Durante todo o período de sua aparente amizade com Pilkington, Napoleão estivera, na verdade, em um acordo secreto com Frederick.

Todas as relações com a Granja Foxwood foram rompidas; mensagens insultuosas foram enviadas a Pilkington. Os pombos haviam sido ordenados a evitar a Granja Pinchfield e a alterar seu lema, de "Morte a Frederick" para "Morte a Pilkington". Ao mesmo tempo, Napoleão assegurou aos animais que histórias de um ataque iminente à Granja dos Bichos eram absolutamente inverídicas e que os rumores da crueldade de Frederick para com seus próprios animais haviam sido bastante exagerados. Todos aqueles rumores provavelmente tinham se originado com Bola de Neve e seus agentes. Parecia, agora, que Bola de Neve não estava escondido na Granja Pinchfield, afinal ele nunca estivera lá em sua vida; na verdade, estava vivendo — em luxo considerável, dizia-se — em Foxwood e passara os últimos anos como inquilino de Pilkington.

Os porcos ficaram extasiados com a astúcia de Napoleão. Ao fingir amizade com Pilkington, forçara Frederick a aumentar o preço oferecido em doze libras. Mas a qualidade superior da mente de Napoleão, disse Garganta, fora demonstrada pelo fato de que ele não confiava em ninguém, nem mesmo em Frederick. Frederick quisera pagar pela madeira com algo chamado cheque, o que parecia que era um pedaço de papel com uma promessa de pagamento por escrito. Napoleão era esperto demais para ele. Exigira pagamento em notas de cinco libras, que deveriam ser entregues antes da madeira ser levada. Frederick já pagara; e a soma que pagara era suficiente para comprar o maquinário do moinho.

Enquanto isso, a madeira estava sendo levada a toda a velocidade. Após sua retirada, outra reunião especial foi conduzida no celeiro, para que os animais inspecionassem as notas dadas por Frederick. Sorrindo beatificamente e portando suas duas condecorações, Napoleão repousava sobre um leito de feno na plataforma, com o dinheiro ao lado, empilhado ordenadamente em um prato de porcelana vindo da cozinha da casa da fazenda. Os animais entraram lentamente, em fileira, e cada um deles olhou quanto quisesse. Sansão esticou o pescoço para cheirar as notas, e as coisinhas frágeis mexeram-se e farfalharam com sua respiração.

Três dias depois, houve uma terrível confusão. Whymper, com o rosto extremamente pálido, chegou pela estradinha em alta velocidade com sua bicicleta, jogou-a no chão do pátio e correu para a casa da fazenda. No momento seguinte, um urro de ira irrompeu dos aposentos de Napoleão. A notícia do que acontecera espalhou-se pela fazenda como um incêndio. As notas eram falsas! Frederick conseguira a madeira de graça!

Napoleão convocou todos os animais imediatamente e, em um tom de voz terrível, pronunciou a sentença de morte para Frederick. Depois de capturado, disse ele, Frederick seria fervido vivo. Ao mesmo tempo, avisou-os de que, após aquele ato de traição, deveriam esperar o pior. Frederick e seus homens poderiam lançar o ataque há muito esperado, a qualquer momento. Sentinelas foram colocadas em todas as entradas da granja. Além delas, quatro pombos foram enviados para Foxwood com uma mensagem conciliatória, com a qual esperavam restabelecer as boas relações com Pilkington.

Logo na manhã seguinte, o ataque aconteceu. Os animais estavam tomando café da manhã quando as sentinelas apareceram correndo, com a notícia de que Frederick e seus seguidores já haviam cruzado o portão. Corajosos, os animais partiram para encontrá-los, mas, daquela vez, não tiveram a vitória fácil da Batalha do Curral. Eram quinze homens, com meia dúzia de armas entre eles, e abriram fogo logo que chegaram a quarenta e cinco metros de distância. Os animais não conseguiam enfrentar as terríveis explosões e o chumbinho doído e, apesar dos esforços de Napoleão e Sansão para encorajá-los, logo foram forçados para trás. Vários já estavam feridos. Refugiaram-se nas construções da granja e espiaram cuidadosamente por entre frestas e nós da madeira. Todo o grande pasto, incluindo o moinho, estava nas mãos do inimigo. Naquele momento, até mesmo Napoleão parecia não saber o que fazer. Andava de um lado para outro, sem dizer uma palavra, sua cauda rígida tremendo. Olhares pensativos eram lançados na direção de Foxwood. Se Pilkington e seus homens os ajudassem, ainda poderiam vencer. Naquele momento, porém, os quatro pombos que haviam sido enviados no dia anterior voltaram, e um deles carregava um pedaço de papel mandado por Pilkington. Nele se liam as seguintes palavras, escritas a lápis: "Bem feito".

Enquanto isso, Frederick e seus homens pararam na frente do moinho. Os animais os observavam, e um murmúrio de desânimo perpassou o grupo. Dois dos homens seguravam um pé de cabra e uma marreta. Iam destruir o moinho.

— Impossível! — exclamou Napoleão. — Construímos paredes grossas demais para isso. Não conseguiriam derrubá-las nem em uma semana. Coragem, camaradas!

Apenas Benjamim observava os movimentos dos homens com atenção. Os dois com a marreta e o pé de cabra estavam fazendo um buraco com uma furadeira, perto da base do moinho. Lentamente, e quase aparentando estar se divertindo, Benjamim apontou para lá com seu longo focinho.

— Foi o que pensei — disse. — Não percebem o que estão fazendo? Em mais um minuto, vão enfiar pólvora naquele buraco.

Aterrorizados, os animais esperaram. Era impossível tentar sair do abrigo das construções. Após mais alguns minutos, viram os homens correndo em todas as direções. Então, houve um estrondo ensurdecedor. Os pombos rodopiaram no ar, e todos os animais, exceto Napoleão, jogaram-se no chão e esconderam o rosto. Quando levantaram, uma enorme nuvem de fumaça preta pairava onde o moinho estivera. Lentamente, a brisa a dissipou. O moinho não existia mais!

Ao presenciarem aquilo, os animais recobraram a coragem. O medo e o desespero que sentiram no momento anterior foram subjugados pelo ódio àquele ato vil e desprezível. Soltaram um enorme grito de vingança e, sem esperar nenhuma ordem, puseram-se todos em movimento ao mesmo tempo, dirigindo-se em linha reta para o inimigo. Desta vez, não se importaram com as cruéis balas de chumbinho que desciam sobre eles como granizo. Foi uma batalha selvagem e amarga. Os homens disparavam, de novo e de novo, e quando os animais chegaram bem perto, atingiam-nos com paus e suas pesadas botas. Uma vaca, três ovelhas e dois gansos foram mortos, e quase todos ficaram feridos. Até mesmo Napoleão, que dirigia as operações da retaguarda, teve a ponta da cauda machucada por uma bala. Os homens, por sua vez, não saíram incólumes. Três deles tiveram a cabeça quebrada por golpes dos cascos de Sansão; um foi furado na barriga pelo chifre de uma vaca; outro quase teve as calças arrancadas por Lulu e Ferrabrás. E, quando os nove cães da guarda pessoal de Napoleão, que ele instruíra que fizessem um desvio sob a cobertura da cerca viva, apareceram de repente no flanco dos homens, latindo ferozmente, estes foram tomados pelo pânico. Viram que corriam o risco de ficar encurralados. Frederick gritou para que seus homens saíssem enquanto ainda tinham a vantagem. No momento seguinte, o inimigo covarde estava correndo desesperadamente. Os animais os perseguiram até o fim do campo e deram os últimos chutes nos fugitivos, que forçavam passagem pela cerca de espinheiros.

Os animais tinham vencido, mas estavam cansados e sangrando. Lentamente, começaram a mancar de volta para a granja. A visão de seus camaradas mortos, estirados sobre a grama, levou alguns deles às lágrimas. E por algum tempo ficaram parados, em silêncio melancólico, no lugar onde o moinho estivera. Sim, o moinho se fora; todo o seu trabalho desaparecera, quase sem deixar sinal! Até mesmo as fundações haviam sido parcialmente destruídas. E, para reconstruí-lo desta vez, não poderiam usar as pedras caídas, como haviam feito antes. Desta vez, as pedras também haviam desaparecido. A força da explosão arremessara-as a centenas de metros de distância. Era como se o moinho jamais houvesse existido.

Enquanto os animais se aproximavam da granja, Garganta, que estivera inexplicavelmente ausente durante a luta, veio saltitando na direção deles, sacudindo a cauda e sorrindo de satisfação. Todos ouviram, vindo da direção das construções da granja, o estrondo solene de uma arma.

— Para que a arma está sendo disparada? — perguntou Sansão.

— Para celebrar nossa vitória! — exclamou Garganta.

— Que vitória? — disse Sansão. Seus joelhos sangravam, perdera uma ferradura e partira o casco, e meia dúzia de balas de chumbinho havia se enterrado em sua perna traseira.

— Que vitória, camarada? Não expulsamos o inimigo de nossas terras, o solo sagrado da Granja dos Bichos?

— Mas eles destruíram o moinho. Nós passamos dois anos trabalhando nele!

— O que importa? Construiremos outro moinho. Construiremos seis moinhos, se quisermos. Você não está entendendo, camarada, a enormidade do que fizemos. O inimigo ocupou este mesmo solo que pisamos. E agora, graças à liderança do Camarada Napoleão, conquistamos cada centímetro de volta!

— Então reconquistamos o que já tínhamos — disse Sansão.

— É esta nossa vitória — respondeu Garganta.

Entraram mancando no pátio. O chumbinho sob a pele da perna de Sansão latejava e doía. Estava pensando no trabalho pesado de reconstruir o moinho desde suas fundações e, ao imaginar, já se preparava para a tarefa. Pela primeira vez, porém, ocorreu a ele que já tinha onze anos de idade, e talvez seus grandes músculos não fossem mais o que haviam sido antes.

No entanto, quando os animais viram a bandeira verde hasteada e ouviram a arma ser disparada novamente — foi disparada sete vezes, no total —, assim como o discurso feito por Napoleão, parabenizando-os por sua conduta, pareceu-lhes, afinal, que haviam conquistado uma grande vitória. Os animais caídos no campo de batalha receberam um enterro solene. Sansão e Quitéria puxaram a carroça que servia de carro fúnebre, e o próprio Napoleão andou à frente da procissão. Dois dias inteiros foram dedicados a celebrar. Houve canções, discursos e mais disparos da arma, e um presente especial, uma maçã, foi concedido a cada animal, com cinquenta gramas de milho para cada pássaro e três biscoitos para cada cachorro. Anunciou-se que a batalha seria chamada de Batalha do Moinho e que Napoleão criara uma nova condecoração, a Ordem da Bandeira Verde, que concedera a si mesmo. Durante as comemorações, o infortúnio das notas falsas foi esquecido.

Alguns dias depois, os porcos encontraram uma caixa de garrafas de uísque no porão da casa da fazenda. Havia passado despercebida quando ocuparam a casa. Naquela noite, vieram da casa sons de cantoria alta, com os quais, para surpresa de todos, se misturavam as notas de "Bichos da Inglaterra". Por volta das nove e meia, Napoleão, usando um velho chapéu-coco do Sr. Jones, foi visto claramente emergindo da porta traseira, galopando rapidamente ao redor do pátio, e desaparecendo dentro da casa novamente. Pela manhã, a casa estava mergulhada em um silêncio profundo. Não se via um único porco. Já eram quase nove horas da manhã quando Garganta apareceu, andando lenta e desanimadamente, com um olhar fixo, a cauda caída atrás de si, e dando todos os sinais de estar seriamente doente. Convocou os animais e disse-lhes que tinha uma notícia terrível para dar. O Camarada Napoleão estava morrendo!

Todos emitiram uma exclamação de lamento. Colocaram feno do lado de fora das portas da casa, e todos os bichos andavam na ponta dos pés. Com lágrimas nos olhos, perguntavam uns para os outros o que fariam se seu Líder partisse. Correu um rumor de que Bola de Neve conseguira, finalmente, colocar veneno na comida de Napoleão. Às onze horas, Garganta apareceu para fazer outro anúncio. O último ato do Camarada Napoleão em vida fora pronunciar um decreto solene: quem bebesse álcool estava sujeito à sentença de morte.

Ao cair da noite, contudo, Napoleão parecia estar um pouco melhor, e, na manhã seguinte, Garganta disse a todos que ele estava se recuperando bem. Naquela noite, Napoleão voltou ao trabalho. No dia seguinte, os bichos ficaram sabendo que instruíra Whymper a comprar, no vilarejo de Willingdon, livros sobre fermentação e destilação. Uma semana depois, Napoleão deu ordens para que arassem o pequeno cercado, do outro lado do pomar, que antes seria usado de pasto para animais velhos demais para trabalhar. Foi dito que o pasto estava esgotado e precisava ser semeado novamente, mas logo os animais tomaram conhecimento de que Napoleão pretendia semeá-lo com cevada.

Naquela época, ocorreu um estranho incidente, que quase ninguém conseguiu entender. Uma noite, por volta da meia-noite, houve um estrondo no pátio, o que fez com que todos os animais saíssem correndo de suas baias. A noite estava iluminada pela lua. Ao pé da parede traseira do grande celeiro, onde estavam escritos os Sete Mandamentos, jazia uma escadinha quebrada ao meio. Garganta, temporariamente atordoado, estava largado ao lado dela, e perto dele estavam uma lamparina, um pincel e um balde de tinta branco. Os cães formaram imediatamente um círculo ao redor de Garganta e o escoltaram de volta para a casa da fazenda, assim que ele conseguiu andar. Nenhum dos animais podia imaginar o que significava aquilo, exceto o velho Benjamim, que sacudia o focinho com ar de sabedoria, e parecia entender, mas não dizia nada.

Contudo, alguns dias depois, Maricota, lendo os Sete Mandamentos para si mesma, reparou que havia mais um que os animais tinham decorado errado. Todos pensavam que o Quinto Mandamento era "Nenhum animal deverá beber álcool", mas haviam se esquecido de duas palavras. O Mandamento dizia, na verdade, "Nenhum animal deverá beber álcool *em excesso*".

9

O casco partido de Sansão levou um tempão para sarar. Começaram a reconstruir o moinho um dia após o término das celebrações da vitória. Sansão recusara-se a tirar um dia de folga sequer. Para ele, era questão de honra não deixar que reparassem que estava com dor. Às noites, admitia em segredo para Quitéria que seu casco o incomodava bastante. Quitéria cuidava do casco com cataplasmas de ervas que ela mesma preparava mastigando-as e insistia, junto com Benjamim, para que Sansão trabalhasse menos.

— Os pulmões de um cavalo não duram para sempre — dizia a ele. Sansão não lhe dava ouvido. Dizia que lhe sobrara apenas uma ambição verdadeira: ver o moinho encaminhado antes de chegar na idade de se aposentar.

No início, quando as leis da Granja dos Animais foram formuladas pela primeira vez, a idade da aposentadoria fora estabelecida: para os cavalos e os porcos, aos doze anos; para as vacas, aos catorze; para os cães, aos nove; para as ovelhas, aos sete;

e para as galinhas e os gansos, aos cinco. Aposentadorias generosas haviam sido acordadas. Nenhum animal se aposentara ainda, mas o assunto estava sendo discutido cada vez mais ultimamente. Agora que o pequeno campo do outro lado do pomar fora destinado à plantação de cevada, corria um rumor de que um canto do grande campo seria cercado e transformado em pasto para animais aposentados. Para um cavalo, diziam, a aposentadoria seria de dois quilos de milho por dia e, no inverno, seis quilos de feno, com uma cenoura, ou talvez uma maçã, nos feriados. O décimo segundo aniversário de Sansão seria no final do verão do ano seguinte.

Enquanto isso, a vida era dura. O inverno estava sendo tão frio quanto o último, e a comida, ainda mais escassa. Mais uma vez, as rações haviam sido reduzidas, exceto as dos porcos e dos cães. Uma igualdade de rações rígida demais, explicou Garganta, seria contrária aos princípios do Animalismo. De qualquer forma, ele não teve dificuldade alguma para provar para os outros animais que, na verdade, *não estavam* com pouca comida, mesmo que pudesse parecer. Claro que, por enquanto, era necessário fazer um ajuste nas rações (Garganta sempre se referia à situação como um "ajuste", nunca como uma "redução"), mas, em comparação com a época de Jones, a melhora era enorme. Lendo os números em uma voz aguda e com rapidez, provou para eles, em detalhes, que tinham mais aveia, mais feno, mais nabos do que costumavam ter na época de Jones, trabalhavam menos, sua água era de melhor qualidade, viviam mais, uma proporção maior de seus filhotes sobreviviam à infância, tinham mais palha nas baias e sofriam menos com pulgas. Os animais acreditaram em cada palavra. Na verdade, quase nem se lembravam mais de Jones e de tudo o que ele representava. Sabiam que suas vidas, atualmente, eram duras e básicas, que estavam continuamente famintos e com frio e que trabalhavam sempre que não estavam dormindo. Mas, sem dúvida, antigamente era pior. Acreditavam naquilo de bom grado. Além disso, naqueles dias eram escravos, e agora eram livres — e isso fazia toda a diferença, como Garganta nunca deixava de observar.

Havia muito mais bocas para alimentar agora. No outono, as quatro porcas haviam tido ninhadas quase simultaneamente, produzindo trinta e um leitões, no total. Os porquinhos eram malhados, e, visto que Napoleão era o único porco não castrado da granja, era possível adivinhar sua ascendência. Anunciou-se, mais tarde, após a compra de tijolos e madeira, que uma escola seria construída no jardim atrás da casa. Por enquanto, os porquinhos eram instruídos pelo próprio Napoleão, na cozinha. Exercitavam-se no jardim e eram desencorajados a brincar com os outros animais jovens. Foi também naquela época que estabeleceu-se uma regra segundo a qual, no encontro de um porco com outro animal, o outro animal deveria dar passagem; estabeleceu-se também que todos os porcos, de qualquer nível, teriam o privilégio de usar laços verdes na cauda aos domingos.

A fazenda tivera um ano razoavelmente bem-sucedido, mas continuava com pouco dinheiro. Os tijolos, a areia e o cal tinham que ser comprados para a construção da escola, e também seria necessário começar a economizar de novo, para o maquinário do moinho. Sem contar o óleo das lamparinas e as velas para a casa, açúcar para a mesa de Napoleão (ele proibia os outros porcos de comê-lo, alegando que os fazia engordar) e todos os outros itens de reposição, como ferramentas, pregos, barbante, carvão, arame, sucata e biscoitos de cachorro. Um fardo de palha e uma parte da colheita de batatas foram vendidos, e o contrato dos ovos foi aumentado para seiscentos por semana, de modo que, naquele ano, as galinhas mal tiveram pintinhos suficientes para manter seus números no mesmo nível. As rações, que haviam sido reduzidas em dezembro, sofreram nova redução em fevereiro, e lamparinas nas baias foram proibidas, para economizar óleo. No entanto, os porcos pareciam estar bem confortáveis, na verdade, estavam até que ganhando peso. Numa tarde do fim de fevereiro, um cheiro delicioso, rico e apetitoso, como os animais nunca haviam sentido antes, atravessou o pátio, vindo da pequena sala de brassagem, que ficava perto da cozinha e que não era usada na época de Jones. Alguém disse que era o cheiro de cevada sendo cozida. Os animais fungaram avidamente e se perguntaram se um mingau quentinho estaria sendo preparado para o jantar. Não apareceu nenhum mingau e, no domingo seguinte, anunciou-se que, dali em diante, toda a cevada seria reservada aos porcos. O campo atrás do pomar já fora semeado com cevada. E logo vazou a notícia de que todos os porcos agora recebiam meio litro de cerveja a cada dia, com meio galão para Napoleão, que sempre lhe era servido em uma terrina de porcelana.

Mesmo assim, ainda que tivessem que enfrentar dificuldades, estas eram compensadas, em parte pelo fato de que a vida tinha mais dignidade do que tivera antes. Havia mais canções, mais discursos, mais procissões. Napoleão ordenara que, uma vez por semana, deveriam fazer algo chamado de Demonstração Espontânea, cujo objetivo era celebrar as lutas e os triunfos da Granja dos Bichos. No horário marcado, os animais largavam o trabalho e marchavam pelos recintos da granja, em formação militar, com os porcos à frente, depois os cavalos, depois as galinhas, depois as ovelhas e depois as outras aves. Os cães flanqueavam a procissão, e o galo preto de Napoleão marchava à frente de todos. Sansão e Quitéria sempre carregavam, entre eles, uma bandeira verde, que exibia o casco e o chifre e as palavras "Vida longa ao Camarada Napoleão!". Depois recitavam poemas compostos em honra de Napoleão, e Garganta fazia um discurso dando detalhes dos últimos aumentos da produção de alimentos. Ocasionalmente, a arma era disparada. As ovelhas se tornaram as maiores devotas da Demonstração Espontânea, e se alguém reclamasse (o que alguns animais costumavam fazer quando nenhum porco ou cachorro estava por perto) de passar um bom tempo em pé no frio, porque aquilo era um desperdício de tempo, as ovelhas certamente o silenciariam com um tremendo balido de "Quatro pernas: bom, duas pernas: mau!". De maneira geral, os animais gostavam daquelas celebrações. Sentiam-se reconfortados por serem lembrados de que, no final das contas, eram senhores de si mesmos e que o trabalho que faziam era em benefício próprio. Assim, com as canções, procissões, listas de números de Garganta, o estrondo da arma, o cacarejar do galo e o tremular da bandeira, conseguiam esquecer que suas barrigas estavam vazias, pelo menos por um tempo.

Em abril, a Granja dos Bichos foi proclamada uma República, sendo necessário eleger um Presidente. Havia só um candidato, Napoleão, que foi eleito por unanimidade. No mesmo dia, espalhou-se a notícia da descoberta de novos documentos que revelavam mais detalhes sobre as maquinações de Bola de Neve com Jones. Parecia, agora, que Bola de Neve não tinha, como os animais haviam imaginado, apenas tentado perder a Batalha do Curral através de um estratagema, e sim lutado abertamente do lado de Jones. Na verdade, fora ele o verdadeiro líder das forças humanas, e juntara-se à batalha gritando "Vida longa à Humanidade!". As feridas em suas costas, que alguns animais ainda se lembravam de ter visto, haviam sido causadas pelos dentes de Napoleão.

No meio do verão, Moisés, o corvo, reapareceu de repente na granja, após uma ausência de vários anos. Não mudara quase nada, continuava sem trabalhar e ainda contava as mesmas histórias sobre a Montanha de Açúcar. Empoleirava-se em um toco de árvore, batia as asas pretas e falava sem parar, com qualquer um disposto a ouvir.

— Lá em cima, camaradas — dizia, solenemente, apontando para o céu com seu bico grande —, lá em cima, logo do outro lado daquela nuvem escura que estão vendo... é ali que fica a Montanha de Açúcar, aquele lugar feliz onde nós, pobres animais, descansaremos para sempre de nossa vida de trabalho!

Chegava ao ponto de alegar ter estado lá, em um de seus voos mais altos, e ter visto os eternos campos verdejantes, os bolos de linhaça e os torrões de açúcar crescendo nas cercas vivas. Muitos dos animais acreditavam nele. Suas vidas, raciocinavam, eram de fome e labuta; não seria certo e justo existir um mundo melhor, em outro lugar? O que era difícil determinar era a atitude dos porcos em relação a Moisés. Todos declaravam, desdenhosamente, que suas histórias sobre a Montanha de Açúcar não passavam de mentiras, mas permitiam que continuasse na granja, sem trabalhar, com uma concessão de cento e cinquenta mililitros de cerveja por dia.

Após seu casco sarar, Sansão trabalhou mais do que nunca. Na verdade, todos os animais trabalharam como escravos durante aquele ano. Além das tarefas regulares da granja e da reconstrução do moinho, havia a escola para os leitões, que começou a ser erguida em março. Às vezes, as longas horas de trabalho, sem comida suficiente, eram difíceis de aguentar, mas Sansão jamais cambaleou. Nada do que dizia ou fazia dava sinais de que suas forças já não eram como antes. Só sua aparência estava um pouco alterada; seu pelo não era mais tão brilhante e suas grandes ancas pareciam ter encolhido. Os outros diziam: "Sansão vai melhorar quando a grama da primavera brotar", mas a primavera chegou, e Sansão não engordou nem um pouco. Às vezes, na ladeira que levava até o topo da pedreira, quando forçava os músculos contra o peso de alguma rocha enorme, parecia que a única coisa que o mantinha de pé era sua determinação. Naqueles momentos, viam seus lábios formar as palavras "trabalharei com mais afinco"; não tinha mais voz. Novamente, Quitéria e Benjamim avisaram-no de que devia cuidar de sua saúde, mas Sansão não deu ouvidos a eles. Seu décimo segundo aniversário se aproximava. Ele não se importava com o que aconteceria, contanto que um bom estoque de pedras fosse acumulado antes que se aposentasse.

No fim de um dia de verão, um burburinho repentino de que algo acontecera com Sansão começou a se espalhar pela fazenda. Ele saíra sozinho, para arrastar uma carga de pedras até o moinho. E o rumor acabou se tornando verdadeiro. Alguns minutos mais tarde, dois pombos chegaram voando com a notícia:

— Sansão caiu! Está deitado de lado e não consegue se levantar.

Metade dos animais da granja correu até o montinho sobre o qual ficava o moinho. Ali jazia Sansão, entre as hastes da carroça, com o pescoço esticado, incapaz até mesmo de erguer a cabeça. Seus olhos estavam vidrados, seu pelo molhado de suor. Um fio de sangue saía de sua boca. Quitéria ajoelhou-se ao lado dele.

— Sansão! — exclamou. — Como você está?

— São meus pulmões — respondeu Sansão, com voz fraca. — Não importa. Acho que conseguirão terminar o moinho sem mim. Há um bom estoque de pedras acumulado. Eu só tinha mais um mês pela frente, de qualquer forma. Para falar a verdade, estava esperando minha aposentadoria ansiosamente. E talvez, como Benjamim também está envelhecendo, ele poderá se aposentar ao mesmo tempo e me fazer companhia.

— Precisamos chamar ajuda imediatamente — disse Quitéria. — Alguém corra para contar a Garganta o que aconteceu.

Todos os outros animais imediatamente correram para a casa da fazenda para dar a notícia a Garganta. Só Quitéria ficou, junto com Benjamim, que, ao lado de Sansão, e sem dizer uma palavra, manteve as moscas longe dele, com sua longa cauda. Depois de mais ou menos quinze minutos, Garganta apareceu, cheio de empatia e preocupação. Disse que o Camarada Napoleão ficara sabendo, com a maior tristeza, do infortúnio que acontecera com um dos trabalhadores mais leais da granja e já estava fazendo preparativos para mandar Sansão para receber tratamento no hospital de Willingdon. Os animais sentiram-se um pouco inquietos ao ouvir aquilo. Exceto Mimosa e Bola de Neve, nenhum animal tinha saído da granja, e os bichos não gostavam de imaginar seu camarada doente nas mãos de seres humanos. Contudo, Garganta convenceu-os facilmente de que o veterinário de Willingdon conseguiria tratar o caso de Sansão melhor do que eles, na fazenda. Então, cerca de meia hora depois, quando Sansão estava um pouco melhor, colocaram-no de pé, com dificuldade, e fizeram com que mancasse de volta para sua baia, onde Quitéria e Benjamim haviam preparado um belo leito de feno para ele.

Pelos dois dias seguintes, Sansão permaneceu em sua baia. Os porcos haviam mandado uma grande garrafa de remédio rosado que haviam encontrado no armário de medicamentos do banheiro, e Quitéria fez com que Sansão o tomasse duas vezes ao dia, depois das refeições. Às noites, ela deitava-se na baia dele e conversava, enquanto Benjamim mantinha as moscas afastadas.

Sansão declarou não estar triste com o que acontecera. Se conseguisse recuperar-se bem, poderia viver mais três anos, e estava animado com os dias de paz que passaria no cantinho do grande pasto. Seria a primeira vez que teria tempo de estudar e instruir-se. Disse que pretendia dedicar o resto de sua vida a aprender as outras vinte e duas letras do alfabeto.

Contudo, Benjamim e Quitéria só podiam ficar com Sansão depois do expediente, e foi durante o dia que uma carroça chegou para levá-lo embora. Todos os animais estavam trabalhando, arrancando ervas daninhas do meio dos nabos, sob supervisão de um porco, quando ficaram atônitos ao ver Benjamim chegar galopando da direção das edificações da granja, zurrando o mais alto que podia. Era a primeira vez que viam Benjamim alterado — na verdade, era a primeira vez que alguém o via galopar.

— Rápido, rápido! — gritou. — Venham imediatamente! Estão levando Sansão embora!

Sem esperar ordens do porco, os animais largaram o trabalho e correram de volta para as edificações da granja. E realmente havia uma grande carroça fechada no pátio, puxada por dois cavalos, com coisas escritas nas laterais e um homem de aparência sorrateira, usando um chapéu-coco pequeno, sentado no banco do motorista. E a baia de Sansão estava vazia.

Os animais cercaram a carroça.

— Adeus, Sansão! — disseram, em uníssono. — Adeus!

— Tolos! Tolos! — gritou Benjamim, empinando ao redor deles e batendo seus pequenos cascos no chão. — Tolos! Não estão vendo o que está escrito na lateral desta carroça?

Isso fez com que os animais pausassem e murmurassem. Maricota começou a decifrar as palavras, mas Benjamim empurrou-a para o lado e, em meio a um silêncio mortal, leu:

— "Alfred Simmonds, Abatedor de Cavalos e Produtor de Cola, Willingdon. Vendedor de Couros e Farinha de Osso. Fornece-se para Canis". Não entendem o que isso significa? Estão levando Sansão para o matadouro!

Um grito de horror irrompeu de todos os animais. Naquele momento, o homem na boleia chicoteou os cavalos e a carroça saiu do pátio em um trote rápido. Todos os animais seguiram, gritando o mais alto que conseguiam. Quitéria abriu caminho até a frente. A carroça começou a ganhar velocidade. Quitéria tentou forçar seus membros robustos a galopar e conseguiu um meio-trote.

— Sansão! — gritava. — Sansão! Sansão! Sansão!

E, logo naquele momento, como se tivesse ouvido a comoção do lado de fora, o rosto de Sansão, com a listra branca descendo pelo focinho, apareceu na pequena janela da parte de trás da carroça.

— Sansão! — gritou Quitéria, em um tom de voz terrível. — Sansão! Saia daí! Saia rápido! Estão levando você para a morte!

Todos os animais juntaram-se ao coro de "saia, Sansão, saia!", mas a carroça já estava ganhando velocidade e afastando-se deles. Não tinham certeza se Sansão entendera o que Quitéria dissera. Um momento depois, seu rosto desapareceu da janela e houve um tremendo estrondo de cascos dentro da carroça. Ele estava tentando abrir as portas a coices. Fora-se o tempo em que alguns chutes de Sansão teriam transformado aquilo tudo em pedacinhos, suas forças o haviam abandonado, e, depois de algum tempo, o som das batidas dos cascos foi ficando cada vez mais fraco, até desaparecer. Em desespero, os animais começaram a implorar aos dois cavalos que puxavam a carroça para que parassem.

— Camaradas, camaradas! — gritavam. — Não levem seu próprio irmão para ser morto!

Os brutos estúpidos, ignorantes demais para perceber o que estava acontecendo, apenas colocaram as orelhas para trás e apertaram o passo. O rosto de Sansão não reapareceu na janela. Tarde demais, alguém pensou em correr na frente e fechar o portão, mas a carroça passara e rapidamente desaparecera na estrada. Sansão nunca mais foi visto.

Três dias depois, foi anunciado que ele morrera no hospital em Willingdon, apesar de ter recebido todos os cuidados que um cavalo poderia receber. Garganta apareceu para dar a notícia aos outros. Disse que estivera presente nas últimas horas de Sansão.

— Foi a coisa mais triste que já vi! — disse Garganta, erguendo uma pata e enxugando uma lágrima. — Estive ao lado dele até o último suspiro. E, no final, quase fraco demais para falar, sussurrou em meu ouvido que sua única tristeza era morrer antes de o moinho estar terminado. "Avante, camaradas!", sussurrou. "Avante, em nome da Rebelião. Vida longa à Granja dos Bichos! Vida longa ao Camarada Napoleão! Napoleão está sempre certo". Foram essas suas últimas palavras, camaradas.

A postura de Garganta mudou de repente. Ficou em silêncio por um momento, e seus olhinhos perscrutaram todos, de um lado para outro, antes que prosseguisse.

Disse que ficara sabendo de um rumor tolo e maldoso que circulou quando Sansão fora levado. Alguns dos animais repararam que a carroça que levara Sansão exibia as palavras "Abatedor de Cavalos" e tiraram a conclusão precipitada de que Sansão estava sendo mandado para o matadouro. Era quase inacreditável, disse Garganta, o fato de que algum animal pudesse ser tão estúpido. Certamente, exclamou, indignado, sacudindo a cauda e pulando de um lado para outro, todos sabiam que seu amado líder, Camarada Napoleão, seria incapaz de fazer aquilo. A explicação era muito simples, na verdade. A carroça pertencia ao abatedor, mas fora comprada pelo veterinário, que ainda não pintara por cima do nome antigo. Fora esta a causa do engano.

Os animais ficaram tremendamente aliviados ao ouvir aquilo. E, quando Garganta deu a eles mais detalhes sobre o leito de morte de Sansão, os cuidados admiráveis que recebera e os remédios caros pagos por Napoleão sem nem pensar no custo, suas últimas dúvidas desapareceram e a tristeza que sentiam pela morte de seu camarada foi amenizada pela ideia de que ele pelo menos morrera feliz.

O próprio Napoleão apareceu na assembleia do domingo seguinte e pronunciou um curto discurso em honra de Sansão. Não fora possível, disse, trazer os restos mortais do saudoso camarada para ser enterrados na granja, mas ele mandara fazer uma grande coroa com os louros tirados do jardim, que seria enviada e colocada sobre o túmulo de Sansão. E dali alguns dias, os porcos pretendiam dar um banquete em honra de Sansão. Napoleão terminou sua fala com um lembrete das duas máximas preferidas de Sansão: "Trabalharei com mais afinco" e "O Camarada Napoleão está sempre certo"; máximas estas, disse ele, que deveriam ser adotadas por todos os animais de bom grado.

No dia marcado para o banquete, um carroção da quitanda veio de Willingdon e entregou uma grande caixa na casa da fazenda. Naquela noite, ouviu-se uma grande cantoria ruidosa, seguida do que parecia ser uma briga violenta, que terminou por volta das onze horas, com um tremendo estrondo de vidro se quebrando. Ninguém se mexeu dentro da casa antes do meio-dia do dia seguinte, e correu o rumor de que os porcos haviam arranjado, de algum lugar, dinheiro para comprar outra caixa de uísque para si mesmos.

10

Anos se passaram. As estações vieram e se foram, as curtas vidas dos animais passaram voando. Era uma época em que ninguém se lembrava dos tempos antigos, antes da Rebelião, exceto Quitéria, Benjamim, o corvo Moisés e alguns dos porcos.

Maricota havia morrido; Ferrabrás, Lulu e Cata-Vento haviam morrido. Jones também já estava morto — morrera em um asilo para alcoólatras, em outra parte do país. Bola de Neve fora esquecido. Sansão fora esquecido, exceto pelos poucos que o conheceram. Quitéria agora era uma velha égua robusta, com as juntas enrijecidas e uma tendência para catarata. Já tinha dois anos a mais que a idade necessária para se aposentar, mas a verdade era que nenhum animal se aposentara realmente. A conversa sobre separar um canto do pasto para os animais mais velhos fora esquecida há muito. Napoleão tornara-se um porco maduro, de cento e cinquenta quilos. Garganta estava tão gordo que mal conseguia enxergar em meio às dobras. Só o velho Benjamim estava como sempre fora, a não ser por um pouco de pelo grisalho ao redor do focinho, e, desde a morte de Sansão, ficara mais melancólico e taciturno do que nunca.

Havia muito mais bichos na fazenda agora, embora o aumento não tivesse sido tão grande quanto o esperado de início. Muitos animais haviam nascido ali, e para eles a Rebelião era apenas uma tradição antiga, transmitida oralmente. Outros haviam sido comprados e jamais tinham ouvido falar daquilo antes de sua chegada. A fazenda agora tinha três cavalos além de Quitéria. Eram animais belos e corretos, trabalhadores e bons camaradas, mas muito estúpidos. Nenhum deles provou ser capaz de aprender o alfabeto para além da letra B. Aceitavam tudo o que lhes era dito sobre a Rebelião e os princípios do Animalismo, especialmente por Quitéria, por quem tinham um respeito quase filial; não se sabia, no entanto, se compreendiam muito do que ouviam.

A granja estava mais próspera agora e mais bem organizada; fora até aumentada em dois campos, comprados do Sr. Pilkington. O moinho finalmente fora concluído e a granja tinha uma debulhadeira e um elevador de feno próprios. Várias novas edificações haviam sido acrescentadas. Whymper comprara para si uma charrete. O moinho, contudo, acabara não sendo usado para gerar eletricidade. Era usado para moer milho e produzia belos lucros monetários. Os animais estavam trabalhando duro na construção de mais um moinho; quando fosse concluído, dizia-se, os dínamos seriam instalados. Contudo, os luxos com os quais Bola de Neve ensinara os animais a sonhar, as baias com luz elétrica e água quente e fria, assim como a semana de três dias de trabalho, não eram mais mencionados. Napoleão condenara tais ideias como contrárias ao espírito do Animalismo. A verdadeira felicidade, dissera, encontrava-se no trabalho duro e na vida frugal.

De algum modo, parecia que a granja ficara mais rica, sem que os próprios animais enriquecessem — exceto, é claro, os porcos e os cães. Talvez isso fosse em parte porque havia tantos porcos e tantos cães. Não que essas criaturas não trabalhassem. Havia, como Garganta nunca se cansava de explicar, trabalho interminável com a supervisão e organização da granja. Muito daquele trabalho estava além do entendimento de animais ignorantes demais. Por exemplo, Garganta dizia que os porcos tinham que se envidar, todos os dias, em coisas misteriosas chamadas "arquivos", "relatórios", "atas" e "memorandos". Eram grandes folhas de papel que precisavam ser completamente cobertas com escrita, para logo depois serem queimadas na fornalha. Isso era de suma importância para o bem da fazenda, Garganta dizia. Ainda assim, nem os porcos, nem os cães, produziam alimento algum com o próprio trabalho, e eles eram muitos, sempre com um apetite muito bom.

Quanto aos outros, suas vidas, até onde sabiam, eram como sempre haviam sido. Estavam geralmente com fome, dormiam sobre feno, bebiam água da lagoinha, trabalhavam nos campos; no inverno, eram incomodados pelo frio, e no verão, pelas moscas. Às vezes, os mais velhos vasculhavam suas lembranças, tentando determinar se nos primeiros dias da Rebelião, quando a expulsão de Jones ainda estava recente, as coisas eram melhores ou piores que agora. Não conseguiam se lembrar. Não tinham nada com que comparar a vida atual: não podiam se basear em nada, exceto nas listas de números de Garganta, que invariavelmente demonstrava que tudo estava ficando cada vez melhor. Os animais consideravam o problema insolúvel; de qualquer forma, tinham pouco tempo para especular sobre tais coisas. Só o velho Benjamim alegava lembrar-se de cada detalhe de sua longa vida e saber que as coisas nunca haviam sido, e tampouco poderiam ser, muito melhores ou muito piores — com a fome, as dificuldades e as decepções, como ele dizia, constituindo as leis inalteráveis da vida.

Ainda assim, os animais nunca perderam as esperanças. Mais que isso, nunca perderam, nem por um instante, seu sentimento de honra e privilégio por serem membros da Granja dos Bichos. Continuavam sendo a única fazenda, no país todo — em toda a Inglaterra! —, de posse dos animais e operada por eles. Ninguém, nem mesmo os mais novos, nem mesmo os recém-chegados, que haviam sido trazidos de fazendas a quinze ou trinta quilômetros de distância, deixava de se maravilhar com isso. E, ao ouvir o estrondo da arma e ver a bandeira verde tremulando no mastro, seus corações enchiam-se de um orgulho interminável, e as conversas sempre se voltavam para os dias heroicos de antigamente, a expulsão de Jones, a criação dos Sete Mandamentos, as grandes batalhas nas quais os invasores humanos haviam sido derrotados. Os sonhos antigos não haviam sido abandonados. A República dos Bichos, que o Major predissera, quando os campos verdejantes da Inglaterra não seriam mais pisoteados pelos pés humanos, ainda era objeto de crença. Um dia, chegaria: poderia não ser logo, poderia não ser durante a vida de qualquer dos animais hoje vivo, mas ainda assim, chegaria. Até mesmo a canção "Bichos da Inglaterra" era murmurada, em segredo, pelos cantos; de qualquer modo, era fato que todo animal da granja conhecia-a, ainda que ninguém ousasse cantá-la em voz alta. Suas vidas podiam ser difíceis e nem todas as suas esperanças haviam se transformado em realidade, mas os animais tinham consciência de que não eram como os outros. Se passavam fome, não era porque estavam alimentando os humanos tiranos; se trabalhavam duro, pelo menos estavam trabalhando para si mesmos. Nenhuma criatura entre eles andava sobre duas pernas. Nenhuma criatura chamava outra de "mestre". Todos os animais eram iguais.

Um dia, no início do verão. Garganta ordenou que as ovelhas o seguissem e levou-as a um campo abandonado que fora tomado por vidoeiros. As ovelhas passaram o dia todo lá, remexendo as folhas, sob a supervisão de Garganta. À noite, ele voltou para a casa da fazenda sozinho, tendo dito às ovelhas que ficassem onde estavam, pois o tempo estava bom. Acabaram ficando lá a semana toda, durante a qual nenhum dos outros animais viu sinal delas. Garganta passava a maior parte do dia com as ovelhas. Dizia que as estava ensinando a cantar uma nova canção, e precisavam de privacidade para aquilo.

Foi logo depois do retorno das ovelhas, em uma noite agradável, quando os animais haviam acabado de trabalhar e estavam voltando para as edificações da fazenda, que o relinchar aterrorizado de um cavalo chegou até eles, vindo do pátio. Assustados, os animais pararam imediatamente. Era a voz de Quitéria. Ela relinchou novamente, e todos os animais começaram a correr na direção do pátio. Viram, então, o que Quitéria tinha visto.

Era um porco andando sobre as patas traseiras.

Sim, era Garganta. Um pouco desajeitado, como se não estivesse acostumado a sustentar seu peso considerável naquela posição, mas com um equilíbrio perfeito, ele caminhava pelo pátio. E, um momento depois, saíram pela porta da casa uma longa fileira de porcos, todos andando sobre as patas traseiras. Alguns se saíam melhor que outros, um ou dois estavam um pouco instáveis e pareciam querer o apoio de uma vara, mas todos eles andaram em um círculo pelo pátio com sucesso. Finalmente, os cães soltaram uns latidos tremendos, o galo preto soltou um cacarejo estridente e apareceu Napoleão em pessoa, majestosamente erguido, lançando olhares altivos de um lado para outro, com seus cachorros saltando ao seu redor.

Segurava um chicote com a pata.

Houve um silêncio completo. Atônitos, aterrorizados, grudados uns nos outros, os animais observavam a longa fila de porcos marchando devagar pelo pátio. Era como se o mundo houvesse virado de cabeça para baixo. Então, o choque inicial se dissipou e, apesar de tudo — apesar do terror que sentiam pelos cães e do hábito, desenvolvido ao longo dos anos, de nunca reclamar, nunca criticar, não importava o que acontecesse —, poderiam ter emitido alguma palavra de protesto. Justo naquele momento, porém, como se obedecendo a um sinal, todas as ovelhas irromperam em um tremendo balido:

— Quatro pernas: bom, duas pernas: MELHOR! Quatro pernas: bom, duas pernas: MELHOR! Quatro pernas: bom, duas pernas: MELHOR!

Durou cinco minutos ininterruptos. E, quando as ovelhas se aquietaram, a chance de fazer qualquer protesto se perdera, pois os porcos haviam marchado de volta para dentro da casa.

Benjamim sentiu um focinho cutucando seu ombro. Olhou para o lado. Era Quitéria. Seus olhos velhos estavam mais embaçados do que nunca. Sem dizer nada, puxou gentilmente a sua crina e levou-o para trás do grande celeiro, onde estavam escritos os Sete Mandamentos. Passaram alguns minutos olhando a parede desgastada com letras brancas.

— Minha vista não é tão boa quanto antes — disse ela, finalmente. — Mesmo quando era jovem, não conseguia ler o que está escrito ali. Parece-me, no entanto, que esta parede está diferente. Os Sete Mandamentos são os mesmos que costumavam ser, Benjamim?

Pela primeira vez, Benjamim aceitou descumprir sua regra e leu em voz alta para ela o que estava escrito na parede. Não havia mais nada lá, exceto um único Mandamento:

"TODOS OS ANIMAIS SÃO IGUAIS, MAS ALGUNS SÃO MAIS IGUAIS DO QUE OS OUTROS"

Depois daquilo, não pareceu estranho quando, no dia seguinte, os porcos que supervisionavam o trabalho da fazenda seguravam chicotes com as patas. Não pareceu estranho quando todos ficaram sabendo que os porcos haviam comprado um rádio para si mesmos, estavam negociando a instalação de um telefone e haviam assinado os periódicos *John Bull*, *Tit-Bits* e *Daily Mirror*. Não pareceu estranho o fato de Napoleão ter sido visto caminhando pelo jardim, com um cachimbo na boca — não, nem mesmo quando os porcos tiraram as roupas do Sr. Jones dos armários e as vestiram, o próprio Napoleão apareceu com um casaco preto, calções até o meio das pernas, com perneiras de couro, nem quando sua porca preferida surgiu usando o vestido de seda que a Sra. Jones costumava vestir aos domingos.

Uma semana depois, à tarde, várias charretes chegaram à granja. Uma delegação de fazendeiros da vizinhança havia sido convidada para fazer um passeio de inspeção. Foram conduzidos a todos os cantos da granja e expressaram grande admiração por tudo o que viram, especialmente o moinho. Os animais estavam arrancando as ervas daninhas do campo de nabos. Trabalhavam diligentemente, mal erguendo os olhos do chão e sem saber se deveriam ficar com mais medo dos porcos ou dos visitantes humanos.

Naquela noite, risadas altas e arroubos de cantoria puderam ser ouvidos vindos da casa da fazenda. De repente, o som de vozes misturadas despertou a curiosidade dos animais. O que poderia estar acontecendo lá, na primeira vez que os animais e os seres humanos estavam se reunindo em pé de igualdade? Todos ao mesmo tempo, começaram a atravessar, o mais silenciosamente possível, o jardim atrás da casa.

Pararam no jardim, com um pouco de medo de prosseguir, mas Quitéria foi na frente. Andaram de fininho até a casa, e os animais altos o suficiente espiaram pela janela da sala de jantar. Ali, ao redor da longa mesa, sentavam-se meia dúzia de fazendeiros e meia dúzia dos porcos mais eminentes, com o próprio Napoleão ocupando o lugar de honra, na ponta da mesa. Os porcos pareciam absolutamente à vontade em suas cadeiras. O grupo estivera jogando cartas, mas agora fazia uma pausa, evidentemente para propor um brinde. Uma grande jarra estava circulando, e as canecas, sendo enchidas com mais cerveja. Ninguém reparou nos rostos confusos dos animais olhando pela janela.

O Sr. Pilkington, da Granja Foxwood, levantou-se com a caneca na mão. Em um momento, disse ele, pediria a todos os presentes que fizessem um brinde. Antes de fazê-lo, porém, sentia que deveria dizer algumas palavras.

Era motivo de satisfação para ele, falou, e tinha certeza de que também o era para todos os outros ali, ver que um longo período de desconfiança e equívocos terminara. Houvera uma época — não que ele, ou qualquer outro presente, compartilhasse daqueles sentimentos —, mas houvera uma época em que os respeitados proprietários da Granja dos Bichos eram encarados... ele não diria com hostilidade, talvez com certa apreensão, por seus vizinhos humanos. Incidentes infelizes tinham acontecido, ideias equivocadas tinham se espalhado. Pensavam, antes, que a existência de uma fazenda sob a posse e operada por porcos era, de alguma forma, anormal e sujeita a causar efeitos perturbadores na vizinhança. Fazendeiros demais haviam presumido, sem as devidas inquirições, que o espírito de licenciosidade e indisciplina prevaleceria em tal fazenda. Haviam ficado nervosos com o efeito que isso teria sobre seus animais, ou até mesmo sobre seus funcionários humanos, mas todas aquelas dúvidas já tinham sido esclarecidas. Hoje, ele e seus amigos haviam visitado a Granja dos Bichos e inspecionado cada centímetro dela, com seus próprios olhos, e o que tinham encontrado? Não só os métodos mais modernos, como também uma disciplina e uma ordem que deveriam servir de exemplo para todos os fazendeiros, de todas as partes. Acreditava estar certo ao dizer que os animais inferiores da Granja dos Bichos trabalhavam mais e recebiam menos comida que qualquer outro animal do condado. Na verdade, ele e seus companheiros de visita haviam observado várias características que pretendiam introduzir em suas próprias fazendas desde já.

Terminaria suas observações enfatizando novamente os sentimentos amistosos que subsistiam, e deveriam subsistir, entre a Granja dos Bichos e suas vizinhas. Entre porcos e seres humanos não havia, nem precisava haver, nenhum conflito de interesses. Suas dificuldades e lutas eram as mesmas. O problema com mão de obra não era o mesmo em todos os lugares? Naquele momento, ficou aparente que o Sr. Pilkington estava prestes a fazer um comentário espirituoso cuidadosamente preparado, mas passou alguns momentos impedido de falar, tomado pelo riso. Depois de muito engasgar, enquanto seus vários queixos ficaram roxos, conseguiu dizer:

— Se vocês têm seus animais inferiores com os quais lidar — disse —, nós temos nossas classes inferiores!

A piada fez com que a mesa irrompesse em risadas, e o Sr. Pilkington parabenizou os porcos novamente pela pouca quantidade de ração, as longas horas de trabalho e a ausência geral de mimos que observara na Granja.

E agora, disse ele, finalmente, pedia aos presentes que pusessem de pé e se certificassem de que suas canecas estavam cheias.

— Cavalheiros — concluir o Sr. Pilkington —, cavalheiros, faço um brinde: à prosperidade da Granja dos Bichos!

Todos deram vivas e bateram os pés. Napoleão ficou tão gratificado que saiu de sua cadeira e contornou a mesa, para bater sua caneca na do Sr. Pilkington, antes de esvaziá-la. Quando os aplausos cessaram, Napoleão, que permanecera de pé, anunciou que também tinha algumas palavras a dizer.

Como em todos os seus discursos, ele era curto e direto. Disse que também estava feliz com o fato de o período de desentendimentos ter acabado. Por um longo tempo, circularam rumores — por algum inimigo maligno, ele tinha motivos para crer — de que havia algo de subversivo, e até mesmo de revolucionário, nele e em seus colegas. Tinha sido atribuída a eles uma tentativa de incitar a rebelião entre os animais das fazendas vizinhas. Nada poderia estar mais longe da verdade! A única coisa que desejavam, agora e no passado, era viver em paz e ter relacionamentos comerciais normais com seus vizinhos. Aquela granja, que ele tinha a honra de controlar, acrescentou, era um empreendimento cooperativo. A escritura, que estava sob sua posse, era de todos os porcos.

Não acreditava, disse ele, que alguma das antigas suspeitas ainda restasse, mesmo assim certas mudanças haviam sido feitas recentemente na rotina da granja, com o objetivo de promover ainda mais confiança. Até então, os animais da granja cultivavam o costume, um tanto quanto tolo, de tratar uns aos outros por "Camarada". Isso seria suprimido. Também havia um costume muito estranho, cuja origem era desconhecida, de marchar todos os domingos pela manhã, passando pelo crânio de um porco que estava pregado num poste no jardim. Aquilo também se acabaria, o crânio já fora enterrado. Talvez os visitantes também tivessem reparado na bandeira verde que pendia no mastro. Se sim, talvez tivessem notado que o casco e o chifre brancos que antes a decoravam haviam sido removidos. Seria apenas uma bandeira verde dali em diante.

Ele tinha uma única crítica, disse, a fazer sobre o excelente e amistoso discurso do Sr. Pilkington. O Sr. Pilkington mencionara, o tempo todo, a "Granja dos Bichos". Não poderia saber, é claro — pois ele, Napoleão, estava anunciando pela primeira vez —, que o nome "Granja dos Bichos" fora abolido. Daquele dia em diante, a granja seria conhecida como "Granja do Solar", nome que, ele acreditava, era o correto e original.

— Cavalheiros — concluiu Napoleão —, farei o mesmo brinde de antes, mas de forma diferente. Encham suas canecas até a borda. Cavalheiros, eis meu brinde: à prosperidade da Granja do Solar!

Houve a mesma celebração animada de antes, e as canecas foram esvaziadas por completo. Lá fora, no entanto, enquanto os animais observavam a cena, pareceu-lhes que algo estranho estava acontecendo. O que havia mudado no rosto dos porcos? Os velhos olhos embaçados de Quitéria pulavam de um rosto para outro. Alguns deles tinham cinco queixos; outros, quatro; e outros, três. O que parecia, então, estar se misturando e mudando? Daí, terminados os aplausos, o grupo retomou o jogo de cartas que havia sido interrompido, e os animais saíram de fininho.

Não tinham andado nem vinte metros quando pararam. Uma confusão de vozes vinha da casa. Correram de volta e olharam pela janela de novo. Sim, uma briga violenta estava acontecendo. Havia gritos, batidas na mesa, olhares de suspeita, negações furiosas. O motivo do problema parecia ser o fato de Napoleão e o Sr. Pilkington terem jogado um ás de espadas simultaneamente

Doze vozes erguiam-se com raiva, e eram todas parecidas. Já não havia dúvida sobre o que acontecera com o rosto dos porcos. As criaturas do lado de fora olhavam de um porco para um homem, e de um homem para um porco, mas era impossível dizer quem era homem, quem era porco.